Lotte Bormuth

Als die Nacht ganz hell wurde

FRANCKE
Verlag der Francke-Buchhandlung GmbH

Die Deutsche Bibliothek - CIP-Einheitsaufnahme

Bormuth, Lotte:
Als die Nacht ganz hell wurde / Lotte Bormuth. – Marburg an der Lahn :
Francke, 2001
ISBN 3-86122-524-7

© 2001 by Verlag der Francke-Buchhandlung GmbH
35037 Marburg an der Lahn
Umschlaggestaltung: Henri Oetjen, DesignStudio Lemgo
Satz: Verlag der Francke-Buchhandlung GmbH
Druck: Wiener Verlag, Himberg, Österreich

Inhaltsverzeichnis

Die Botschaft von Weihnachten

Dietrich Bonhoeffer

„Uns ist ein Kind geboren, ein Sohn ist uns gegeben."

Von der Geburt eines Kindes ist die Rede, nicht von der umwälzenden Tat eines starken Mannes, nicht von der kühnen Entdeckung eines Weisen, nicht von dem frommen Werk eines Heiligen. Wie zur Beschämung der gewaltigsten menschlichen Anstrengungen und Leistungen wird hier ein Kind in den Mittelpunkt der Weltgeschichte gestellt. Die unendliche Barmherzigkeit des allmächtigen Gottes lässt sich zu uns herab in Gestalt eines Kindes, seines Sohnes. Dass uns dies Kind geboren ist, dieser Gottessohn uns gehört, dass ich ihn kenne, ihn habe, ihn liebe, dass ich sein bin und er mein ist, daran hängt nun mein Leben. Ein Kind hat unser Leben in der Hand.

Wie sollen wir diesem Kind begegnen? Sind unsere Hände durch die tägliche Arbeit zu hart und zu stolz geworden, um sie beim Anblick dieses Kindes anbetend zu falten?

Tragen wir unseren Kopf, der so viele schwere Gedanken hat denken und Probleme hat lösen müssen, zu hoch, um ihn vor dem Wunder dieses Kindes noch beugen zu können?

Ist es uns möglich, all unsere Anstrengungen, Leistungen, Wichtigkeiten noch einmal ganz zu vergessen, um mit den Hirten vor dem göttlichen Kind in der Krippe anzubeten und in diesem Anblick die Erfüllung unseres ganzen Lebens dankbar zu erkennen?

Es ist wahrhaftig ein seltsamer Anblick, wenn ein starker, stolzer Mann seine Knie vor diesem Kinde beugt und einfältigen Herzens in ihm seinen Heiland findet!

Weihnachten im Hause der Familie Bonhoeffer

Sabine Leibholz, die Zwillingsschwester von Dietrich Bonhoeffer, berichtet

„Der Weihnachtsabend begann mit der Weihnachtsgeschichte. Man saß im großen Familienkreis zusammen, auch die Dienstmädchen und das übrige Dienstpersonal, weißgeschürzt, alle feierlich und erwartungsvoll, bis unsere Mutter zu lesen begann. Sie las das Weihnachtskapitel mit fester, voller Stimme. Alle Spuren der Weihnachtsvorbereitungen, die ja weit über die Familienkreise hinausgingen und viel Unruhe gebracht und der Mutter eine Menge Kraft abgefordert hatten, schienen mit dem Kommen des Heiligabends ausgelöscht zu sein.

Ich entsinne mich, dass Mutter bei den Worten aus dem Weihnachtsevangelium die Tränen über die Wangen flossen: ,Maria aber behielt alle diese Worte und bewegte sie in ihrem Herzen.' Dietrich und ich waren sehr betroffen und sprachen darüber. Wir waren erst wieder erleichtert, wenn Mamas Augen wieder klar waren. Dann wurde auch das Licht ausgemacht, und im Dunkeln sangen wir Weihnachtslieder, bis der Vater lautlos das Zimmer verließ und die Kerzen an der Krippe und am Baum angezündet hatte. Wenn das Christkind geklingelt hatte, durften wir drei Jüngsten vorangehen zu den Lichtern des Christbaums. Dort sangen wir begeistert:

,Der Christbaum ist der schönste Baum,
den wir auf Erden kennen;
Im Garten klein, im engsten Raum,
wie lieblich blüht der Wunderbaum,
wenn seine Blümchen brennen, ja brennen.'
Erst dann folgte die Bescherung."

Auch das ist Weihnachten –
Glaube und Verzweiflung

Aus dem Leben von Jochen Klepper

Wie gerne singe ich das wunderschöne Adventslied von Jochen Klepper. Es strahlt so viel Zuversicht und Hoffnung aus:

Die Nacht ist vorgedrungen, der Tag ist nicht mehr fern.
So sei nun Lob gesungen dem hellen Morgenstern.
Auch wer zur Nacht geweinet, der stimme froh mit ein.
Der Morgenstern bescheinet auch deine Angst und Pein.

Dieses Lied macht mich nachdenklich und weckt in mir viele Fragen. So habe ich gerne zu Jochen Kleppers Tagebuch gegriffen, um nachzuspüren, warum dieses Leben von so viel Angst, Not, ja sogar von Verzweiflung und schließlich von Selbsttötung gezeichnet war.

Es war im Studentenbibelkreis 1966. In der Adventszeit haben wir uns mit diesem großartigen Dichter befasst. Eine Medizinstudentin las einige Passagen aus dem Tagebuch vor. Plötzlich blieb sie mitten im Satz stecken. Die Stimme versagte ihr, so war sie von diesem Geschehen ergriffen. Ein anderer musste weiterlesen. Diese letzten Eintragungen, bevor Klepper das Gas ausströmen ließ und mit seiner Familie aus dem Leben schied, haben uns sehr betroffen gemacht. An diesem Abend gingen wir schweigend auseinander. Einigen liefen die Tränen über die Wangen.

In aller Kürze will ich uns zum besseren Verständnis einige Ereignisse aus dem Leben dieses bedeutenden Schriftstellers wiedergeben.

Geboren wurde Jochen Klepper am 22. März 1903 in Beuthen an der Oder in Niederschlesien. Sein Vater war evangelischer Pfarrer. Mit noch vier Geschwistern verlebte er eine sonnige, wunderschöne Kindheit. Nach seiner Schulzeit zog er nach Breslau und studierte an der Universität Theologie. Aber dieses Studium führte ihn nicht auf die Kanzel. Er brach es auf Anraten seines Arztes ab. Seine Gesundheit war stark angeschlagen. Er hatte einen körperlichen und nervlichen Zusammenbruch erlitten. Aber ab und zu vertrat er doch seinen Vater im Gottesdienst, wenn dieser verhindert war.

Er wechselte ins Medienwesen über. Der Evangelische Presseverband in Breslau und der Rundfunk boten ihm die Möglichkeit, seine besonderen literarischen Begabungen in den Dienst zu stellen. Diese Arbeit befriedigte ihn. Und doch gab es wirre Zeiten, die ihm große Enttäuschungen brachten und ihn sogar in die Verzweiflung stürzten, wie man dem Tagebuch entnehmen kann.

1929 lernte Jochen Klepper die Jüdin Johanna Stein kennen. Er heiratete sie. Durch diesen Menschen kam Ruhe in sein Leben, denn sie verstand es, ihn aus seinen Gewissensnöten und Ängsten herauszuführen. In jeder Lage stand sie ihm bei. Hanni, wie Klepper seine Frau nannte, entstammte einer vornehmen, reichen Familie. Sie war in erster Ehe mit einem Rechtsanwalt verheiratet gewesen, der aber früh durch den Tod von ihrer Seite gerissen wurde. Ihre Witwenschaft ging zu Ende, als sie Jochen Klepper kennen und lieben lernte. Die beiden Töchter, Brigitte und Renate, fanden in ihrem Stiefvater einen treu sorgenden und lieben Menschen.

Die Verbindung zu Johanna Stein wurde von Kleppers Eltern argwöhnisch betrachtet. Es kam zu einem Bruch mit ihnen. Bald nach der Hochzeit zog Jochen Klepper von Schlesien fort und baute sich in Berlin eine neue Existenz auf. In Berlin-Südende fand er ein passendes Heim. Hier in seiner neuen Umgebung begann er mit den Eintragungen in sein Tagebuch. Nie hat er daran gedacht, sie je zu veröffentlichen. Sehr ehrlich und aufrichtig berichtet der Dichter über seine Freuden und Nöte. So gewinnt man einen guten Einblick in das äußere und innere Leben, in das Auf und Ab seines Schaffens.

Durch die Ehe mit einer Jüdin, die wesentlich älter war als er selbst, geriet er unter die Räder des Hitlerregimes, denn der Hass gegen die Juden war furchtbar. Sie wurden verfolgt und ausgerottet. Nur wenige überlebten im Konzentrationslager.

Zeitweise verlor Klepper seine Arbeitsstelle beim Rundfunk. Seine Tätigkeit beim Ullstein-Verlag musste er aus politischen Gründen schließlich aufgeben. Auch aus dem Verband der Schriftsteller wurde er ausgestoßen. Er geriet durch diese brutalen Methoden in schreckliche Ängste.

Seiner ältesten Tochter gelang es, nach Schweden zu emigrieren. Auch Reni wollte auswandern. Klepper kämpfte darum, dass sie Deutschland verlassen dürfte, und drang bis in die höchsten politischen Stellen vor, um die nötigen Papiere zu bekommen. Aber man war nicht bereit, ihm einen Pass für seine Tochter auszustellen. So konnte Reni nicht ausreisen.

Jochen Klepper musste nun täglich befürchten, dass sein Kind, gerade zwanzig Jahre alt, ins Konzentrationslager abtransportiert wurde. Die gescheiterten Bemühungen führten den sensiblen, feinfühligen Menschen unter einen gewaltigen Leidensdruck.

Schließlich uferte die Verzweiflung so weit aus, dass dieser gläubige Christ keinen Ausweg mehr sah. Mit seiner Frau und seinem Kind nahm er sich das Leben. In seinem Tagebuch schildert er mit großer Offenheit die letzten Tage und Stunden seines Lebens. So endete am 11. Dezember 1942 das so überaus reiche und wertvolle Leben eines genialen Geistesmenschen.

Auf dem Friedhof der evangelischen Kirche in Nikolasee fanden Jochen Klepper, seine Frau und Reni ihre letzte Ruhestätte in einem gemeinsamen Grab.

Die Tagebuchaufzeichnungen geben uns einen guten Einblick, wie Jochen Klepper die Zeit um Advent und Weihnachten verbrachte:

24. Dezember 1933 / Sonntag
„Das Reich Gottes kommt nicht mit äußerlichen Gebärden ... sehet, das Reich Gottes ist inwendig in euch" Lukas 17, 21.

„Es ist ein köstlich Ding einem Mann, dass er das Joch in seiner Jugend trage" Klagelieder 3, 27.

Man macht sich leicht den Vorwurf, sich in die romantischen Dinge des Weihnachtsfestes zu verlieben. Aber es steht doch mehr dahinter, wenn man die lieben Züge jeder Stunde festhalten möchte; nämlich das Erstaunen, dass nach allen Leiden und Zerstörungen eines Jahres soviel Freude, Wärme, Behagen, Glanz wiederkehren.

Dank Hannis Eingehen auf meine Wünsche war schon am Morgen des Heiligen Abends keine Unrast im Hause, nur freudige Vorbereitung in Stuben und Küche. Die Glocken läuteten morgens und mittags, nahmen zu von allen Türmen um die Dämmerung vor der Christnacht, geleiteten einen heim von der Kirche, setzten um Mitternacht und nach der ersten Nachtstunde von neuem ein, weckten und brachten zur Ruhe. Am Vormittag war Bachs Weihnachtskantate an der Reihe. Da rüstete ich Hannis Weihnachtstisch, und Reni saß bei mir in der Bibliothek am runden Tisch am Fenster über der Fülle der bunten Seidenpapiere und Goldpapiere, den grünen, roten, blauen, gelben Seidenbändern, Gold- und Silberschleifen. Alle Plätze für die Geschenke baute ich auf: Hanni, den Kindern, dem Mädchen. Darüber wurde es dämmrig. Hanni kam von den letzten Besorgungen heim. – Dann war die Stunde der Christnacht da. Überall in den Fenstern sahen Reni und ich schon die leuchtenden Christbäume, am schönsten in den Gartenzimmern der Nachbarvillen, aber auch die große Tanne im Freien zählte zum Festlichen. In die Christnacht gehe ich um der Lieder und der biblischen Geschichten und Sprüche willen.

An die Heimkehr von meinem Kirchgang schließen wir immer unmittelbar die Bescherung an. Aber während der Christnacht waren, zu meiner besonderen Freude und obwohl wir Eremiten das nicht erwarten dürfen, zu unseren frischen Tulpen und Primeln und Alpenveilchen noch herrliche Rosen und weißer Flieder eingetroffen. Den Baum zünde ich an, mein Gabentisch für Hanni steht weiß überdeckt, und über meinem Schreibtisch, auf dem Hanni mir beschert, liegt auch ein weißes Tuch; aber diesmal war auch unter dem Weihnachtsbaum ein solches weißes kleines Gebirge, und als zur Bescherung Hanni das Tuch wegnahm, war ich diesmal der am meisten Überraschte und am reichsten Beschenkte: Im Nu hatte Hanni an die stärksten Zweige der Tanne zwei barocke Krippenengel, edelste Holzfiguren in herrlicher Malerei, gehängt und unter dem Tuch waren drei Hirten; große, klare Plastiken in zerschlissenen und verblichenen Gewändern, das Gesicht, die Hände und Füße, die Gesten, die Stellungen noch schöner, noch tiefer als unsere Apostelfiguren. Viel reicher hat Hanni mich beschenkt, als ich sie mit dem Renaissancetisch, dem sehr seltenen Zinnteller, dem auf Holz gemalten Barockbild.

Um Weihnachten erweist sich, ob man vergrämt, verbittert, hoffnungslos ist oder ob das Leben und Gott, der es uns gab, einen ganz besitzen.

26. Dezember 1933 – Dienstag (Zweiter Weihnachtsfeiertag)
Wenn die großen Stunden, die den anderen gehören, vorüber
sind, stellt sich für einen selbst nicht das Gefühl ein, dass etwas
Schönes gar zu schnell verging; man freut sich der tiefen Ruhe,
mit der nun die Festtage für einen selbst bestimmt sind, Vor-
mittage, an denen kein Laut sich regt, frisch geordnete Blumen
einem das Zimmer schmücken, das Silber im Christbaum leise
weht und zittert. An die schönsten Zeiten zu Hause erinnern
mich die Stunden nach Tisch, das frühe Dunkelwerden über
freundlichen Gesprächen, alle in großen Sesseln um den Christbaum. Durch Beuthen ist soviel in mein Herz gelegt worden,
wovon ich zeitlebens zehren werde und wovon ich nur wünschen kann, dass es unseren Kindern auch ins Herz gelegt würde.

31. Dezember 1933 – Sonntag (Silvester)
Es bedarf keiner dichterischen Umschreibung: Das Jahr verlöscht
ganz allmählich. Der Tag wird nicht hell, er geht von Stunde zu
Stunde in die völlige Dunkelheit über.

Es ist sehr feierlich, wenn Tage wie der Heilige Abend und
Silvester auf einen Sonntag fallen. Dann hat der ganze Tag schon
seine Stille. ... Reni begleitet mich in die Jahres-Schluss-Andacht.
Wieder ging ich in der Predigt leer aus; spüren die Pastoren nicht,
wie ihre Predigt vor den verlesenen Bibelworten als eitel und
leer zusammensackt? Aber unter den Bibelworten war wieder
mein Spruch: „Fürchte dich nicht! Denn ich habe dich erlöst.
Ich habe dich bei deinem Namen gerufen. Du bist mein."

Um zwölf brannte der Christbaum, die ganze Wohnung war
voller Glockengeläut. – Rings ums Wäldchen flammten die
Christbäume auf, wurde auf den Balkonen ein bescheidenes Feu-
erwerk abgebrannt, riefen die Kinder von Haus zu Haus – ein
seltsam idyllisches Silvester nach der gewaltigen Revolution die-

ses Jahres, kaum zu begreifen und überaus lehrreich für das Verständnis unseres Volkes.

Was meine – zum ersten Mal in mir aufgetauchte – Furcht vor den neuen Leiden betrifft, so hatte mich das Bibelwort in der Kirche sehr ruhig gemacht. Was will ich denn? Was ist denn das Eigentliche? Was ist das wirklich Reale? Wie Gott sich einem im neuen Jahr von neuem zeigen wird – danach allein kann ich fragen. Selten aber habe ich so stark wie an diesem Jahresende gespürt, dass gegenüber dem abgelaufenen Jahr nichts als Dankbarkeit in mir ist. Aber als die schlimmen Stunden herangekommen waren, sah es in mir anders aus. Und wie wird vielleicht einmal die Dankbarkeit und Einsicht am Ende des Lebens sein; denn dann setzt einem Gott für einen ganz allein den feierlichen Abschluss ...

25. Dezember 1934 / Dienstag (1. Weihnachtsfeiertag)

„Wir sind nun Gottes Kinder, und es ist noch nicht erschienen, was wir sein werden" 1. Johannes 3, 2.

Mit diesem Wort ist der große Punkt hinter alles gesetzt, was Geschichte ist. Es ist eines der großen Schweigegebote, und ich mag nicht mehr darüber meditieren. Meine Unruhe kommt nicht vom Unglauben, sondern aus der Unfasslichkeit der Tatsache, glauben zu dürfen ...

Der Tag: das Frühstück zu viert bei Blumen und Kerzen. Der Schnee so rein und fest wie Schnee nur sein kann. In der Kirche der gleiche Pastor, die Predigt ernst und gewissenhaft wie am Abend zuvor. Keines der großen Worte, keines der alten Lieder, das mich in diesen Tagen nicht erreichte ...

Meine glückliche Ehe hat ihr Kreuz und ihren großen, negierenden Strich durch die Unfruchtbarkeit. Je inniger, je klarer, je fester sie wird, desto deutlicher sehe, desto schmerzlicher spüre ich ihn. Es scheint vor Gott nicht ohne die Armut zu gehen.

Woran man verarmt, bestimmt er allein. Verarmen ist ein völlig passiver Zustand.

6. Dezember 1942 / Sonntag (Zweiter Advent)
„Wenn aber dieses anfängt zu geschehen, so sehet auf und erhebet eure Häupter, darum, dass sich eure Erlösung naht" Lukas 21, 28.

Dunkel, stürmisch und regnerisch; so trübe, dass zu allen Mahlzeiten die Lampe brennen musste.

Mit Hanni im Adventsgottesdienst. Die beiden ersten Adventssonntage schon haben die großen, ernsten und die freudigen Lieder des Advents gebracht. Das Lukasevangelium des Zweiten Advents bedeutet uns ja immer besonders viel.

Und welches Bild des Friedens war dieser Adventssonntag in Kerzenschimmer, Tannengrün und Blumen, mit seiner stillen kleinen Feier von Katharinas Geburt, Advent und St. Nikolaus. (Katharina ist das erste Enkelkind Jochen Kleppers von der Tochter Brigitte im Exil.) ... Abends schrieb Hanni an Meschkes für Brigitte, „durcheinander und elend vor Freude und Spannung und Glück und namenloser Angst." Und doch so gesammelt und voller Liebe und Güte! Nur die Kinder gerettet wissen – das erfüllt Hanni jetzt mit einer ergreifenden Leidenschaft.

7. Dezember 1942 /Montag
„Selig sind die Knechte, die der Herr, so er kommt, wachend findet" Lukas 12, 37.

In diesen Tagen drängt sich zu viel fast unausdenkbares Schicksal zusammen.

Wie konnte ich je glauben, „Katharina von Bora", in der sich alles das verdichtet hat, zu schreiben, solange Hannis Schicksal noch in den erregtesten, aufgewühltesten Ereignissen abläuft? Dies ist keine Selbstbeschwichtigung. Gott muss noch Wunder über Wunder tun, innen und außen, bevor dieses Buch Wirklichkeit wird. Dieses Buch, das wie eine Entscheidung auf Tod und Leben geworden ist. Und doch – was ist auch dieses Buch gegen das Los unseres Kindes. –

Und ängstet uns nicht immer wieder schon die Frage nach Hannis Los? – In welchen Bannkreis der Angst sind wir geraten?

8. Dezember 1942 / Dienstag

„Unser Herr Jesus Christus wird kommen, dass er herrlich erscheine mit seinen Heiligen und wunderbar mit allen Gläubigen" 2. Thessalonicher 1,10.

Wird mich im Abgrund, der sich vor uns nun mit endgültiger Klarheit auftut, das zweite Wort der heutigen Losung noch erreichen: „Sei getrost und sei ein Mann und warte des Dienstes des Herrn deines Gottes"?

Des Dienstes des Herrn, meines Gottes –

Ich war bei Frick. Er hatte noch alles klar im Gedächtnis. Er, einer der wichtigsten Minister und im Kriege der Generalbevollmächtigte für die Zivilverwaltung, steht zu dem, was er im Oktober 1941 zugesagt hat: Er will Renate aus Deutschland heraushelfen ...

Aber hier kann er sie nicht mehr schützen. Niemand kann es. Er kann mir auch keinen noch so umschreibenden Schutzbrief, wie seinerzeit für Brigitte, mehr geben für – Hanni. Nur den Rat und die Zusicherung, Hanni zur Ausreise zu verhelfen und mit Reni nach Schweden zu gehen.

„Noch ist Ihre Frau durch die Ehe mit Ihnen geschützt. Aber es sind Bestrebungen im Gange, die die Zwangsscheidung durchsetzen sollen. Und das bedeutet nach der Scheidung gleich die Deportation des jüdischen Teils."

Dies seine Worte. Er war erregt und bedrückt und lief am Schreibtisch auf und ab.

„Ich kann Ihre Frau nicht schützen. Ich kann keinen Juden schützen. Solche Dinge können sich ja der Sache nach nicht im Geheimen abspielen. Sie kommen zu den Ohren des Führers, und dann gibt es einen Mordskrach."

Denn dies ist nun das Neue, Erschwerende, wohl kaum Überwindbare: Frick kann als Innenminister eine solche Ausreisegenehmigung nicht mehr ausstellen. Dieser Machtbereich ist ihm entzogen worden ...

Gott weiß, dass ich es nicht ertragen kann, Hanni und das Kind in diese grausamste und grausigste aller Deportationen gehen zu lassen. Er weiß, dass ich ihm nicht geloben kann, wie Luther es vermochte: „Nehmen sie den Leib, Gut, Ehr, Kind und Weib, lass fahren dahin –." Leib, Gut, Ehr – ja! Gott weiß aber auch, dass ich alles von ihm annehmen will an Prüfung und Gericht, wenn ich nur Hanni und das Kind notdürftig geborgen weiß.

Gelingt Renerles Ausreise, so will das Kind in all seinem Jammer doch weiterleben ...

Das Letzte ist besprochen.

Noch schreibe ich dies in der Hoffnung, dass ich einmal den Weg meines Lebens als Gottes Weg in meinem Leben wiedererkennen werde.

Aber was nun begonnen hat, ist uns nicht mehr unfasslich. Es ist auf furchtbare Weise ganz in das Bewusstsein eingegangen.

Ein dunkler, stürmischer, milder, trüber Tag – wie verdämmerndes und verwehendes Geschick.

Gott ist größer als unser Herz. – Das Wort soll uns noch in den Tod begleiten.

Noch gibt es Hoffnung, eine ganz schwache Hoffnung.

Stürben Hanni und das Kind, Gott weiß, dass sich nichts in mir gegen seinen Willen auflehnen würde. Aber dies würde ich nicht ertragen.

Welche Verwandlung hat unser Leben nun von neuem erfahren – in einem einzigen Gespräch.

Hanni ist zu keiner Träne mehr fähig.

9. Dezember 1942 / Mittwoch

„Wenn des Menschen Sohn kommen wird, meinst du, dass er auch werde Glauben finden auf Erden?" Lukas 18, 8.

Vormittags wurde Hanni zu Almquist auf die Schwedische Gesandtschaft bestellt, um alle ihre Personalien einzutragen.

Nachmittags war ich bei Eichmann vom Sicherheitsdienst, nachdem Ministerialrat Draeger am Vormittag alles vorbereitet hatte. Er glaubte, Eichmann werde die Genehmigung erteilen: Er wolle die Sache rasch betreiben. Auch Eichmann fragte nach der sofortigen Ausreise. Das deutet auf neue, drohende Maßnahmen. Es muss noch festgestellt werden, ob sicherheitspolizeiliche Bedenken gegen Reni vorliegen.

Eichmann: „Ich habe noch nicht mein endgültiges Ja gesagt. Aber ich denke, die Sache wird klappen."

Unter Androhung sicherheitspolizeilicher Maßnahmen stehe ich nun unter strengem Schweigegebot über die nun folgenden Schritte im Falle der Ausreise.

Ich war nun in der Welt meiner Träume, es waren die Menschen, die Stimmen, die Räume –

Dort, dort liegt die Macht.

Die Frage, ob Hanni im Lande bleibt, wurde gestellt. Ich: „Die Situation meiner Frau überblicke ich noch nicht."

Eichmann: „Eine gemeinsame Ausreise würde nämlich nicht gestattet werden." Rätsel um Rätsel. Und das Ganze so unbegreiflich: ein Mann in meiner Lage bei Frick, beim Sicherheitsdienst. Betrachtet man Hanni als Geisel für Reni? Würde man Hanni als meiner Frau verweigern, was man Renerle als meiner Stieftochter vielleicht zugesteht?

Morgen um drei bin ich wieder zur Sicherheitspolizei bestellt. Da ich am Telefon so wenig sagen kann, kam Hilde, die sehr stark Anteil nimmt, abends nach dem Dienst zu uns. Nun ist alles, womit wir sie in der Adventszeit des vorigen Jahres schon so belasten mussten, so nah.

Diese stillen, dunklen, trüben Tage. So lind, so voller Trauer des Himmels.

„Wenn der Herr die Gefangenen Zions erlösen wird, so werden wir sein wie die Träumenden."

Noch ein Tag so qualvollen Wartens. Und doch geht alles so rasch. Abends die arme Hilde bei uns zur Testamentsbesprechung.

Hannis armes Herz trauert noch immer um „Das ewige Haus". (Es handelt sich um die Herausgabe eines Werkes, das zur Nazizeit nicht gedruckt werden durfte. Klepper hatte Schreibverbot.)

10. Dezember 1942 / Donnerstag
Nachmittags die Verhandlung auf dem Sicherheitsdienst.

Wir sterben nun – ach, auch das steht bei Gott.

Wir gehen heute Nacht gemeinsam in den Tod.

Über uns steht in den letzten Stunden das Bild des segnenden Christus, der um uns ringt.

In dessen Anblick endet unser Leben.

Auch das ist Weihnachten –
Der Tod eines väterlichen Freundes

Pfarrer Paul Deitenbeck – ein Mann
der Liebe und Seelsorge

In diesen Weihnachtstagen vermisse ich schmerzlich einen Gruß besonderer Art. Zu Heiligabend 2000 werden kein Brief und kein Geschenk von Pfarrer Paul Deitenbeck unter unserem Christbaum liegen. Gott hat ihn in den Adventstagen im achtundachtzigsten Lebensjahr zu sich in seine Herrlichkeit heimgeholt. „Wir wissen ihn in der ewigen Heimat gut aufgehoben", so schrieben seine Kinder auf die Traueranzeige. Am 3. Dezember 2000 war Pfarrer Deitenbeck am Ziel angekommen. Auf Sören Kierkegaards Grabstein ist die Hoffnung auf dieses Ziel mit treffenden Worten eingemeißelt:

„Nur eine kurze Zeit, dann ist's gewonnen;
dann ist der ganze Streit in nichts zerronnen.
Dann darf ich laben mich an Lebensbächen
und ewig, ewiglich mit Jesus sprechen."

Die Christenheit von heute hat einen Großen im Reich Gottes verloren, einen Großen, der lieben konnte, Freude ausstrahlte, viel Humor besaß und ein hervorragender Prediger war. Jahrzehntelang hat der Theologe aus Westfalen die evangelikale Bewegung geprägt. Vor wie vielen Menschen er das Wort Gottes verkündigt hat, ist nicht zu sagen. Er war bei den Vorbereitungen von großen Evangelisationen beteiligt. Seine Predigten in Lüdenscheid, wo er einer Gemeinde vorstand, waren so gut besucht, dass der Platz nicht ausreichte. Eine größere Kirche musste

gebaut werden. Seine besondere Liebe galt der Deutschen Zelt-
mission und der Fabrikmission. Wenn er vor den Menschen
stand und ihnen das Wort von Gott verkündigte, dann spürte
man etwas von der Leidenschaft, die ihn bewog, alles dafür ein-
zusetzen, damit Menschen mit Christus bekannt werden und
ihn in ihr Leben aufnehmen. Er verstand es, den Leuten Mut zu
machen. Zum Leitmotiv seines Handelns gehörte der Ausspruch:
„Liebe muss sich verleiblichen."

Mich hat sein Tod überaus traurig gemacht, gehörte ich doch
zu den Menschen, die er mit Geschenken bedachte und für die
er täglich betete, wie er mir einmal in einem Kartengruß schrieb.

In meiner Küche hängt noch die Spruchkarte, die er mir im
vergangenen Jahr in den Weihnachtsbrief gelegt hatte: „Seit der
Menschwerdung Jesu sind unsere Verhältnisse Gottes Angele-
genheit." Wie oft habe ich auf die blaue Karte geschaut, wenn
mich die Sorgen übermannen wollten und ich keinen Ausweg
sah. Meist lag auch noch ein Geldschein in der Weihnachtspost
mit dem ausdrücklichen Vermerk: „Dieser Schein ist nur zur
eigenen Verwendung gedacht." Ob Pfarrer Deitenbeck um meine Art wusste, dass ich gerne weiter verschenke? Der Kreis der
Kinder und Enkel ist bei uns ja groß, und darüber hinaus fühle
ich mich mit vielen Einsamen, Traurigen und Verzweifelten verbunden, die ich durch meinen Verkündigungsdienst und durch
die Telefonseelsorge kennen lerne.

Die Geschenke meines väterlichen Freundes waren sehr origi-
nell. So steht in meinem Bad noch immer ein Fläschchen fran-
zösischen Parfüms. Nur sehr sparsam mache ich davon Gebrauch,
es ist mir viel zu wertvoll, um es zu vergeuden. Jetzt nach seinem Tod ist es mir noch wertvoller geworden.

Die erste Begegnung mit Pfarrer Deitenbeck erlebte ich auf
einer Gnadauer Konferenz in Siegen. Mein Mann kannte ihn
schon länger. Wir standen am Büchertisch und hielten nach

Neuerscheinungen Ausschau. Pfarrer Deitenbeck trat auf uns zu und fragte uns: „Wie viele Jahre sind Sie, Ehepaar Bormuth, verheiratet?"

„Vor drei Wochen haben wir gerade unsere Silberhochzeit gefeiert", war meine Antwort. Spontan legte uns der Pfarrer die Hände auf und segnete uns im Namen Jesu Christi. Dies war der beste Dienst, den dieser Gottesmann uns tun konnte. Neu wurden wir uns der Bedeutung dieses Zuspruchs bewusst:

„Der Herr segne dich und behüte dich!
Der Herr lasse freundlich sein Angesicht über dir leuchten und sei dir gnädig."

Und dann fügte er noch hinzu und wies dabei auf die Fotos der alten Glaubenszeugen im Pietismus, die an der Wand hingen: „Angesichts der Väter Gnadaus sollt ihr ein Segen sein." Wie wohl taten mir diese Worte. Pfarrer Deitenbeck griff dann noch in seine Jackentasche, holte ein Fünfmarkstück heraus und drückte es mir in die Hand. „Kaufen Sie sich eine Schokolade oder eine Gurke, gerade so wie Sie es mögen." Zu Hause klebte ich das Fünfmarkstück an den Backofen. Ich hätte es nicht ausgeben können, denn dahinter verbargen sich Liebe und Herzlichkeit.

Später lagen dann mehr als nur fünf Mark in seinen Briefen. Pfarrer Deitenbeck wusste um meine Dienstreisen in die Neuen Bundesländer und gab mir oft ein Opfer für die Christen dort mit.

Als einmal in unserer Gemeinde nach dem Gottesdienst die Rede auf Pastor Deitenbeck kam, erzählte mir eine Diakonisse: „Ich gehöre auch zu den bevorzugten Menschen, die seine Liebe erfahren haben. Zweimal durfte ich im Schwarzwald Urlaub machen. Nach einer langen Wanderung kehrte ich müde und hungrig in einer Gastwirtschaft ein. Ich bestellte mir Rindsrouladen mit Reis und Salat. Anschließend trank ich noch einen

Kaffee. Ich beobachtete, wie die Kellnerin an den Nebentisch ging und einem mir fremden Gast die Frage stellte: ‚Soll der Kaffee extra abgerechnet werden?‘ Es war, wie ich später erfuhr, Pastor Deitenbeck, der mit dem Kopf schüttelte und sagte: ‚Alles geht auf meine Rechnung.‘ So war Pastor Deitenbeck: aufmerksam, gebefreudig und liebevoll“, unterstrich die Diakonisse die besondere Art dieses Menschen, der wohl darum wusste, dass Diakonissen von einem geringen Taschengeld leben.

Von Schwester Berta, der Oberin des Mutterhauses von Aidlingen, hörte ich, dass sie zur Sommerzeit regelmäßig von Pfarrer Deitenbeck einen Aal geschickt bekam, wenn er an der See seinen Urlaub machte.

Ich denke, an der Stelle könnten viele berichten, wie sie in den Genuss von Pfarrer Deitenbecks großzügigem Schenken gerieten.

Einmal kam der Pfarrer an einer Gruppe Arbeitern vorbei, die gerade eine Gasleitung ausbesserten. Es war regnerisch und kalt, ein trüber Novembermorgen. Die Bauarbeiter steckten in tiefem Schlamm und hoben die Erde aus. Sie waren völlig durchnässt.

Pfarrer Deitenbeck verschwand in einem Laden und kam mit sechs Tafeln Schokolade wieder heraus, die er den Männern schenkte: „Heute habt ihr es schwer da unten im Dreck. Ich will euch den Tag ein wenig versüßen.“ Da hellten sich ihre Gesichter auf. Sie staunten und fragten sich: „Wer ist der Mann?“

„Das ist unser Gemeindepfarrer, ihr solltet auch zu ihm in den Gottesdienst kommen. Der Mann hat was zu sagen“, klärte einer der Arbeiter auf.

Und noch eine Geschichte weiß ich von ihm zu erzählen. Es war der 24. Dezember. Pfarrer Deitenbeck sollte noch schnell etwas vom Metzger abholen. Im Laden standen drei Frauen und zwei Männer und warteten, dass sie bedient würden.

„Leute, Leute", ertönte seine Stimme im Verkaufsraum, „heute ist Weihnachten. Christus ist geboren. Wir haben allen Grund, uns zu freuen. Frau Meier, packen Sie jedem eine Wurst extra dazu. Die Rechnung geht auf mein Konto", sagte er zur Verkäuferin.

In der Nähe dieses Menschen fühlte sich jeder wohl. Die Liebe Christi prägte sein Handeln.

Pfarrer Deitenbeck war ein Mann, der die Wahrheiten des Evangeliums auf den Punkt bringen konnte. Aus diesem Grunde gebe ich an dieser Stelle auch seine guten Ratschläge wieder. Sie haben mir persönlich sehr geholfen:

„Dieser Tag ist eine Gabe und Aufgabe für dich. Gott will aus diesem Tag für dich einen hohen Tag machen. Du wirst so viel Freude erleben, wie du vertragen kannst und gerade so viel Belastungen zu tragen haben, wie du nötig hast.

Es wird dir an nichts mangeln, was heute für dein Leben gut ist.

Unter der Führung des Herrn Jesus Christus kann dir heute niemand und nichts schaden!

Niemand und nichts kann dich heute scheiden von der Liebe Gottes.

Gott hat diejenigen Menschen ausgesucht, die heute an dir eine Aufgabe haben.

Darum: fange diesen Tag mit Danken an und gehe aufmerksam durch diesen Tag.

Wer wird heute auf eine Freundlichkeit von dir warten?

Wen kannst du heute mit einem Brief oder einer Karte, einem Anruf erfreuen?

Wem musst du heute ein Wort weitergeben, das dir bedeutsam wurde?

Gibt dir ein Gedenktag heute Anlass, einen einsamen oder angefochtenen Menschen zu erfreuen?

Achte auf Menschen und Dinge, die Gott dir heute besonders wichtig macht.

Mache aus jedem Erinnertwerden an Menschen und Verhältnisse ein Gebet.

Lege alles Erleben gleich in Gottes Hände zurück.

Vertraue in allen Dingen dem Herrn.

Glaubensloses Grübeln zersplittert nur deine Kraft, tue statt dessen etwas Aufbauendes.

Das Entscheidende im Leben ist: Warten auf Gottes Stunde in der Nachfolge Jesu Christi.

Bleibe in der Gegenwart Gottes, damit der Widersacher, der ein Überrumpler und Durcheinanderwerfer ist, dir heute nicht das göttliche Segensprogramm stören kann."

Ich muss oft an Pfarrer Deitenbeck denken und trauere um ihn, denn ich habe einen väterlichen Freund und Seelsorger verloren.

Weihnachten 1945 in der Fremde

Es war das armseligste Fest, und zugleich das schönste Fest, das ich je gefeiert habe. Wir waren Flüchtlinge aus Bessarabien, irrten seit dem 19. Januar 1945 über ein halbes Jahr lang auf den Straßen Deutschlands umher, suchten nach einer Bleibe und wussten nicht wo. Schließlich landeten wir in Breitenbach bei Bebra im Hessenland. Opa Becker, ein Schreinermeister, öffnete uns seine Türen und stellte uns eine große Küche und eine Kammer zur Verfügung. So hatten wir wieder ein Dach über dem Kopf gefunden. Sogar für unsere drei Pferde, mit denen wir im offenen Kastenwagen vor der russischen Front geflohen waren, schaffte er Platz in seinem Stall. Es war für uns eine wunderbare Führung Gottes, dass wir gerade in dieser Familie ein neues Zuhause fanden. Opa Becker war Christ, und das zeigte sich auch in seinem Handeln. Wie oft brachte er meiner Mutter einen Liter Milch oder stellte eine Schüssel mit Kochkäse, den er selbst zubereitet hatte, auf den Tisch. Wenn er ein Schwein schlachtete, dann holten wir in unserem Milchkännchen Wurstbrühe, und oft genug legte er noch eine Leberwurst hinein. Unser Wohl lag ihm am Herzen, das spürten wir gerade in den kleinen Freundlichkeiten, die er uns bereitete.

Einmal hatte uns ein Dieb sämtliche Lebensmittelkarten gestohlen. Das war für uns ein schreckliches Dilemma. Für unsere große Familie bedeutete dies, dass wir einen Monat lang nichts Essbares kaufen konnten: keine Milch, kein Brot, keinen Zucker, kein Mehl, kein Fett und kein Fleisch. Dieser Diebstahl stürzte unsere Familie in eine schlimme Krise. Es war so, als wäre uns auf dem Fluchtweg eine Wagendeichsel gebrochen. Eine Deichsel hätten wir durch einen Baumstamm wieder ersetzten können, aber Lebensmittelmarken wurden nicht ersetzt.

Opa Becker aber sorgte für uns. Er holte aus seinem Keller Kartoffeln und Zuckerrüben, brachte uns Obst und Gemüse aus seinem Garten und füllte meiner Mutter die Hände mit Mehl und Teigwaren, die er aus seiner Speisekammer zu uns in die Küche trug. Für uns war dieser alte Christ ein wahrer Segen, ein Glücksfall. Noch heute wird es mir warm ums Herz, wenn ich an ihn denke. Seine Liebestaten haben sich mir eingeprägt. Er lud uns auch in die Bibelstunden ein, die jeden Donnerstagabend in seiner Wohnstube stattfanden.

Nun war Weihnachten, die erste Weihnacht in der Fremde. Unser Herz wollte uns schwer werden, wenn wir daran dachten, was uns durch den verlorenen Krieg alles genommen worden war. Wir waren arm, sehr arm sogar. Wir wollten Weihnachten feiern, aber wir hatten keine Geschenke, keine Plätzchen, keine Süßigkeiten, keinen Christbaumschmuck. Mein Vater hatte ein kleines, zierliches Tännchen aus dem Wald geholt und auf den Küchentisch gestellt. Drei Kerzenstummel hatten wir aufgesteckt. Mehr hatten wir nicht, womit wir das Bäumchen hätten schmücken können. Nun standen wir um unseren Christbaum und sangen Lieder, wie wir es in Bessarabien gewohnt waren:

Süßer die Glocken nie klingen als zu der Weihnachtszeit;
's ist, als ob Engelein singen wieder von Friede und Freud,
wie sie gesungen in seliger Nacht, wie sie gesungen in seliger
Nacht.
Glocken mit heiligem Klang, klingt doch die Erde entlang!

Meiner Mutter liefen die Tränen über die Wangen. Der Schmerz über den Verlust ihres Kindes quälte sie noch all zu sehr. Sie war am 19. Januar 1945 hochschwanger auf die Flucht gegangen. Mitten im Kriegsgeschehen schenkte sie einem kleinen Mädchen das Leben. Aber durch die Strapazen des langen Fluchtweges war meine Mutter zu schwach, zu ausgemergelt, um das Baby stillen zu können, und so musste unsere kleine Erika verhungern. Wir hatten keine Milch, um das Kind am Leben zu erhalten. Heute in unserem Wohlstand ist dies kaum vorstellbar, aber 1945 stand es sehr schlecht mit der Ernährung. Oft mussten wir hungern.

Im Schein der Kerzen und im Klang der Lieder kamen in meiner Mutter noch einmal der ganze Schmerz und Jammer hoch. Sie schluchzte, und uns Kindern bereiteten ihre Tränen großen Kummer. Unser Singen wollte uns fast nicht mehr über die Lippen kommen. Die Töne wurden immer leiser.

Plötzlich klopfte es an unsere Tür. Opa Becker stand davor und sagte: „Herr Hannemann, ich lade Sie mit Ihrer Familie ein. Wir wollen gemeinsam Weihnachten bei meinem Sohn feiern."

Diesen Satz hatte unser Hauswirt noch nicht zu Ende gesprochen, da steckten wir schon in unseren Wintermänteln. Wir liefen los, hüpften über die Wiesen und sprangen über die Bäche. Vor lauter Begeisterung jubelten wir: „Wir sind eingeladen! Wir sind eingeladen!" Der Druck, der auf unseren kleinen Kinderseelen gelegen hatte, wich einem großen Freudentaumel.

Wir wurden empfangen als wären wir die allerliebsten Gäste. Und dann feierten wir Weihnachten. Kein Kaiser und kein König hätte glücklicher sein können. Christi Geburt wurde für uns zu einem Triumph. Wir setzten uns zu Tisch – und wir waren eine große Familie – und wurden mit wunderbaren Köstlichkeiten bewirtet. Es gab Schinken, Wurst, Eier, Plätzchen, Kuchen und noch andere Leckereien. Der Hausherr las die Weihnachtsgeschichte vom Kind in der Krippe vor. Opa Becker hielt eine Andacht und sprach ein Gebet. Jesus Christus, unser Heiland und Erlöser, wurde gelobt über seine große Tat, dass er zu uns Menschen auf diese erbärmliche Welt kam. Ja, es war so, als stünden Maria und Josef mit dem Jesuskind direkt in unserer Mitte, und wir spürten förmlich den warmen Atem von Ochs und Esel im Stall von Bethlehem. Fröhlich stimmten wir unsere Lieder an, und diesmal sang auch meine Mutter mit:

O du fröhliche, o du selige,
gnadenbringende Weihnachtszeit!
Welt ging verloren,
Christ ist geboren:
freue, freue dich, o Christenheit.

Noch klang ihr Lied leise, aber der Anfang war gesetzt. Die Traurigkeit musste weichen.

Dieses glückliche Erleben hat sich mir tief eingeprägt. Die Liebe von Opa Becker und seiner Familie wurde mir zu einem Zeichen, es ihnen gleich zu tun. Weihnachten kann man nur recht feiern, wenn das Herz weit offen ist für die herrlichste Gabe unseres Vaters im Himmel. Er gab seinen einzigen Sohn. Wie heißt es in Johannes 3, 16?

„Also hat Gott die Welt geliebt, dass er seinen eingeborenen Sohn gab, damit alle, die an ihn glauben, nicht verloren werden, sondern das ewige Leben haben."

Andere noch Christus ferne Menschen in diese Festfreude mit hinein zu nehmen ist mir ein Vorrecht. So feiern wir seit über 35 Jahren den Heiligabend mit Leuten, die traurig, allein und einsam sind. Ihnen gilt die Verheißung:

„Fürchtet euch nicht! Siehe, ich verkündige euch große Freude, die allem Volk widerfahren wird; denn euch ist heute der Heiland geboren, welcher ist Christus, der Herr, in der Stadt Davids (...)."

Adam aus Polen – unser Weihnachtsgast

So kalt war es schon lange nicht mehr wie zu Weihnachten 1998. Minus 18 Grad zeigte das Thermometer an. In diesem Jahr suchten besonders viele Obdachlose Zuflucht zu unserer Weihnachtsfeier. Neunzig Gäste waren gekommen. Die Wärme des Raumes, die feierlich geschmückten Tische, der Weihnachtsbaum mit der Krippe und das gute Festtagsessen taten ihnen gut. Unser Versammlungssaal war überfüllt.

Drei Brüder der Landstraße hatten sogar Molli, Max und Freija mitgebracht. Den beiden Schäferhunden war der Zutritt zu unseren Räumen verwehrt. Sie wurden draußen am Zaun angebunden. Aber jeder Hund bekam eine Bratwurst. Heute war doch Weihnachten und das sollte auch für die Tiere etwas Besonderes sein. Für den kleinen schwarzen Pudel holte ich einen Pappkarton und legte eine alte Wolldecke hinein. So hatte er eine wunderschöne Liegestatt unter dem Tisch. Der Hund schnappte nach jedem Bissen, der ihm von den anderen Gästen zugeworfen wurde. Voller Begeisterung schauten die Kinder dem lustigen Treiben zu.

An meinem Tisch saßen drei Gastarbeiter aus der Türkei und ein Pole. Sie sprachen alle sehr gut Deutsch. So war die Verständigung nicht schwer. Adam hieß der junge Mann aus der Nähe von Breslau. Den Sommer über, so erzählte er mir, hatte er bei einer Baufirma Arbeit gefunden und sich gutes Geld verdient. Als die Arbeit wegen Frost eingestellt werden musste, war er hier in Deutschland geblieben. Seine Kumpels, mit denen er in einer Wohnung gelebt hatte, kehrten wieder zurück in ihre Heimat. Da er sich die Miete nicht leisten konnte, musste er die Wohnung aufgeben.

„Adam, wo wohnst du jetzt?“, fragte ich ihn unvermittelt.

„Im Botanischen Garten", antwortete er mir.

„Wie?", verwunderte ich mich, „sind dort jetzt Häuser gebaut worden?"

„Nicht, was du meinen. Ich nicht wohnen in eine Haus, ich schlafen auf einer Parkbank."

„Das geht doch nicht", wandte ich ein. „Es ist jetzt viel zu kalt. Du kommst nachher zu uns. Also, Adam, du bist unser Gast." Ein Strahlen ging über sein Gesicht.

Gegen Mitternacht, als unsere Feier beendet war, stieg Adam zu uns ins Auto. Auf dem Weg nach Hause überlegte ich, wo ich denn Adam nur schlafen lassen konnte. Zu Weihnachten kommen unsere Kinder mit ihren Familien zu Besuch. Da wird jedes Bett und jede Couch belegt sein. Für die Enkel holen wir oft eine Luftmatratze vom Boden. Das bereitet dem kleinen Volk immer eine besondere Freude, weil sie darauf nach Herzenslust springen und hüpfen dürfen.

Ja, wo lasse ich Adam schlafen? Jedes Zimmer ist besetzt. Aber wir haben noch die Küche, kam es mir in den Sinn. Da ist es warm. Der Pole half mir, den Tisch beiseite zu schieben und vom Keller eine Matratze heraufzuholen. Ich bezog ihm ein Federbett und schüttelte sein Kissen auf.

Es ist nicht wie bei Maria und Josef in Bethlehem, die in einem Stall bei Ochs und Esel nächtigten, musste ich denken, wir haben noch Raum in der Herberge.

Am nächsten Morgen weckte ich unseren Gast beizeiten, denn die Küche ist zugleich unser Esszimmer. Adam schleppte sein Bettzeug und seine Matratze in den Heizungskeller. Ich lüftete den Raum und bereitete das Frühstück. In der Zwischenzeit ließ ich heißes Wasser in die Wanne laufen, denn unser Bruder der Landstraße würde sich sicher über ein erfrischendes Bad freuen. Shampoo und Duschgel stellte ich auf den Wannenrand. Adam sollte es gut bei uns haben, und sicher hatte er schon lange kein

Schaumbad mehr genossen. Danach musste ich ihm noch helfen, seinen langen blonden Bart zu stutzen. Fröhlich saßen wir dann bei Kerzenlicht am festlich geschmückten Frühstückstisch und ließen es uns gut schmecken. Adam begleitete uns zum Gottesdienst. Seine klare, kräftige Stimme versetzte mich in Staunen. Er sang jedes Weihnachtslied mit.

„Woher kennst du die Lieder?", fragte ich Adam.

„In Polen ich singen in eine Knabenchor. Meine Mama, gute Mama ist. Sie gehen immer in Kirche. Sie lieben Gott und Maria. Aber ich lange nicht gehen in Messe. Immer keine Zeit. Sonntag ich muss schlafen, wenn getrunken ich Wodka zu viel."

Adam war ehrlich, musste ich denken. Aber war Jesus nicht gerade für uns Sünder geboren? War er nicht für Leute, wie Adam und ich es sind, gekommen? Der Alkohol war nicht mein Problem. (Wir sind Antialkoholiker und gehören zum Blauen Kreuz.) Aber weiß ich nicht zur Genüge um Schuld in meinem Leben? Ich fühlte mich mit Adam sehr eng verbunden. Wie lieblos, egoistisch, ungeduldig, verbittert kann ich manchmal sein. Ganz neu begriff ich die Bedeutung des Christfestes: „Euch ist heute der Heiland, der Retter geboren." Das Kind in der Krippe ist für Gescheiterte und Schuldiggewordene gekommen, damit sie von aller Not befreit würden. Adam, du und ich, wir haben eine Chance. Weihnachten ist für uns beide der schönste Tag. Wie heißt es in einem Negro Spiritual, das ich sehr liebe?

„O happy day, when Jesus washed my sins away." (O glücklicher Tag, als Jesus meine Sünde wegwusch.) In meinem Gemüt wurde ich ganz fröhlich, ja vergnügt, denn ich hatte einen Menschen zur Krippe nach Bethlehem einladen dürfen.

Adam fühlte sich wohl. Gerne begleitete er uns auch am Silvesterabend und am Neujahrsmorgen in die Gottesdienste. Erst im Neuen Jahr kam ihm der Gedanke, ob er nicht doch wieder zu seiner Mama reisen sollte.

„Mama warten auf mich. Ich will gehen nach Hause", erklärte er mir.

Wie gut ist es doch, wenn zu Hause eine betende Mama auf ihren verlorenen Sohn wartet.

Am 3. Januar schnürte Adam seinen Rucksack. Er hatte eine Mitfahrgelegenheit bis Cottbus gefunden. Von dort ist es nicht mehr weit bis Breslau. Beim Abschied nahm Adam mich fest in seine kräftigen Arme. Fast tat er mir dabei weh. „Du wie meine Mama, du auch lieben Gott."

Am nächsten Tag las ich in der Zeitung, dass in Deutschland fünf Obdachlose erfroren seien. Adam aber hatte eine warme Liegestatt gehabt, denn wir hatten Raum in der Herberge.

Der Mann, der Weihnachten verschlafen wollte

Ist dies denn möglich, dass ein Mensch Weihnachten verschlafen will? Es ist Heiligabend 1999. Wir feiern in unserem Gottesdienstsaal nun schon zum 34. Mal die Geburt Jesu Christi. Dazu laden wir immer Menschen ein, die einsam, traurig, vertrieben und alleinstehend sind oder auf der Straße leben. Es ist fast nicht zu begreifen, wie viele Männer, Frauen und Kinder es in unserem reichen Land gibt, die sonst keine Möglichkeit haben, das schönste Fest der Christenheit zu begehen. Armut, Krankheit und Verzweiflung plagen sie.

Ich sitze am Tisch mit zwei Herren zusammen. Es ist überhaupt nicht schwierig, mit ihnen ins Gespräch zu kommen. So beginnt der Ältere:

„Ich bin nun schon das achte Mal hier bei Ihnen zur Christfeier und bin dankbar, dass Sie jedes Jahr dazu einladen. Für mich wäre Weihnachten sonst schrecklich traurig. Ich stamme aus der Türkei, lebe aber schon 20 Jahre in Deutschland. Ich könnte eigentlich mit meinem Leben zufrieden sein. Ich habe eine schöne Dreizimmer-Wohnung mit Küche und Bad. Im letzten Jahr habe ich alles frisch renoviert und neue Gardinen gekauft. Ich kann auch mit meiner Arbeitsstelle zufrieden sein. Ich verdiene gutes Geld und muss auch keine Angst haben, dass ich meinen Job verliere. Meine Firma braucht mich dringend als Techniker.

Meine Not ist meine Frau. Seit zehn Jahren ist sie psychisch krank. Sie leidet an Schizophrenie. Wissen Sie, was das für mich bedeutet? Seit zehn Jahren gibt es für mich kein Weihnachten, denn meine Frau ist meist in der Klinik untergebracht. Manchmal hole ich sie nach Hause, wenn ich Urlaub habe oder wenn ihre Schwester aus der Türkei zu Besuch kommt.

Es war für mich ein Glücksfall, als mir Ihre Einladung in die Hände fiel. Danke sage ich Ihnen, vielmals danke! Sie bereiten für uns ein solch schönes Fest vor. Bei Ihnen kann auch ich Weihnachten feiern und mir wieder Kraft holen, mein schweres Los zu ertragen." Bei diesen Worten drückt er mir kräftig die Hand.

Der andere Herr ist ein Deutscher. In seinem dunkelblauen Nadelstreifenanzug mit weißem Hemd und weinroter Krawatte hebt er sich deutlich vom Kreis der Tippelbrüder, Asylanten und Flüchtlinge ab. Auch er erzählt mir seine Geschichte.

„Ich wollte den Heiligabend eigentlich verschlafen. Zu Mittag habe ich mich zu Bett gelegt und gehofft, nicht vor dem anderen Morgen aufzuwachen. Schlafen wollte ich, nur noch schlafen. Ich wollte nichts hören und nichts sehen. So kroch ich in meine weichen Federn, hörte noch etwas weihnachtliche Musik und schlief dann bald ein. Aber so gegen 16 Uhr wurde ich aus dem Schlaf geweckt. Über mir tobten die vier Buben von Familie Kaufmann. Wahrscheinlich konnten sie die Zeit bis zur Bescherung nicht durchhalten und sprangen deshalb über Tische und Stühle. Es war einfach nicht möglich, wieder einzuschlafen. So erhob ich mich verärgert aus den Kissen, duschte und zog mich an. Ich hatte gehofft, ich könnte einen Freund besuchen. Ich griff zum Hörer, merkte aber, dass keiner meiner Bekannten oder Kollegen darauf erpicht war, mich als Gast in ihrer Mitte zu haben. Weihnachten ist eben doch ein Familienfest. Ich war darüber etwas enttäuscht. Sie müssen wissen, dass vor wenigen Monaten meine Ehe geschieden wurde. Meine Frau und ich sind Ärzte, arbeiteten aber in zwei verschiedenen Kliniken. Zwölf Jahre waren wir verheiratet, und plötzlich geriet unsere Beziehung in eine Krise. Über die Ursachen will ich mich hier nicht weiter auslassen. Aber ich bin traurig, tief traurig, denn ich liebe meine Frau. Wenn ich früher von Partnerschaftsproblemen hörte, dachte ich immer: Das kann uns nicht passieren. Und nun geht jeder seine eigenen Wege. Wahrscheinlich haben wir zu wenig in unsere Ehe investiert. Wir lebten für unseren Beruf und hatten noch nicht einmal Zeit, an ein Kind zu denken. Von Rechts wegen sind wir geschieden, und meine Frau ist schon seit über einem Jahr aus unserer Wohnung ausgezogen. Manchmal ist es so, als fiele mir die Decke auf den Kopf. Können Sie jetzt verstehen, warum ich Weihnachten verschlafen wollte?

Ein Kollege gab mir dann den Rat, ich möchte doch in die Schwanallee 37 gehen, dort fände eine Weihnachtsfeier statt. Das war wohl der beste Rat, den mir ein Mensch an diesem Tag gegeben hat."

Ich muss an dieser Stelle das Gespräch unterbrechen, denn ich bin im Programm an der Reihe und soll darüber berichten, warum ich Weihnachten feiere. Im Saal herrscht atemlose Stille, als ich von der großen Freude spreche, die vom Kind in der Krippe in mein Leben kommt. Krippe, Kreuz und Auferstehung sind die bestbezeugten Tatsachen. Sie schaffen die Grundlage, auf der ein Leben in der Gemeinschaft mit Gott geführt werden kann. Jesus ist der Gottessohn, und er versteht mich. Er söhnt mich mit dem Allmächtigen aus und bringt mich in eine Beziehung zu Gott. Ich darf Vater zu ihm sagen. Die Botschaft der Engel hat sich für uns Menschen erfüllt. Sie ist wahr geworden: „Fürchtet euch nicht, denn siehe, ich verkündige euch eine große Freude. Euch ist heute der Heiland geboren."

Als ich mich wieder an meinen Tisch setzen will, stehen beide Herren auf und drücken mir die Hand. „Danke!", sagt der Arzt, „Weihnachten lohnt sich auch für mich. Wie gut, dass ich Weihnachten nicht verschlafen habe."

Das schönste Weihnachtsfest

Es ist so, als ob sich jeder noch so kurz vor Weihnachten den Magen, die Galle, den Blinddarm oder die Mandeln operieren lassen will, um dann noch vor dem Heiligen Abend wieder nach Hause zu kommen. Im Krankenhaus herrscht Hochbetrieb. Sogar in den Gängen stehen einige Betten. Herr Finkbeiner ist gerade eingeliefert worden. Er ist ein Notfall. Auf der eisglatten Straße ist er ausgerutscht und hat sich dabei den Schenkelhals gebrochen.

„Bitte, Schwester Sabine, legen Sie mich in ein Mehrbettzimmer. Zu Hause bin ich schon immer allein", schaut er die Krankenschwester bei der Aufnahme mit großen Augen an. Dieser Wunsch wird ihm erfüllt, und so liegt der Patient mit noch zwei anderen im zweiten Stock auf Zimmer 218.

Die anderen Männer erhalten Besuch. Ihre Frauen und Kinder kommen und setzen sich an ihr Bett. Kollegen und Nachbarn erscheinen und bringen herrliche Blumensträuße und Pralinen mit. Sogar manch schönes Buch landet auf dem Nachttisch. So geht es recht munter in diesem Krankenzimmer zu, denn die Besucher erzählen, was sich alles in der Firma oder zu Hause abspielt. Nur Herr Finkbeiner bleibt allein. Schließlich fragt ihn die Stationsschwester: „Haben Sie Angehörige? Sollen wir Ihren Sohn oder Ihre Tochter anrufen?"

„Ach, Schwester Sabine, Sie können es mal versuchen. Hier ist die Telefonnummer. Aber ich weiß nicht, ob sich da was tut. Vor sechs Jahren sind unsere Wege auseinander gegangen. Aber probieren Sie es bitte."

Am 22. Dezember findet die Weihnachtsfeier für die Patienten statt. Der Andachtssaal füllt sich mit hörbereiten Menschen. In Rollstühlen und auf Tragen werden sie in den Raum geschoben. Einige Betten werden auch auf die Flure gerollt, denn dorthin wird die Festfeier über Lautsprecher übertragen. Es beginnt ein fröhliches Singen und Musizieren. Der Pfarrer liest das Weihnachtsevangelium vom Kind in der Krippe vor, und die Schwesternschülerinnen führen ein Krippenspiel auf. So mancher Patient stimmt in die alten, wohlbekannten Lieder mit ein. Nur Herr Finkbeiner liegt auf seinem Bett, und sein Mund bleibt stumm. Was ihn wohl so sehr bekümmern mag? Aber wer kann schon in das Herz eines Menschen sehen?

Schwester Sabine macht sich Sorgen um den älteren Herrn. Sie ruft seinen Sohn an: „Hier ist Schwester Sabine vom Diakonissenkrankenhaus. Ihr Vater wurde bei uns eingeliefert. Er ist gefallen und hat sich den Schenkelhals gebrochen. Er wurde operiert. Es geht ihm den Umständen entsprechend recht gut. Er gab mir Ihre Telefonnummer."

„Und was soll ich jetzt tun? Was erwarten Sie von mir?"

„Ach, kommen Sie doch, Herr Finkbeiner, und besuchen Sie Ihren Vater. Er wird sich bestimmt freuen."

„Ich weiß nicht", ist die Reaktion des Sohnes.

„Doch, kommen Sie. Es ist ja Weihnachten."

„Mal sehen, was sich machen lässt", lautet die kurze Antwort, und dann legt Herr Finkbeiner Junior den Hörer auf.

Würde er kommen?

Der nächste Tag macht den alten Herrn noch trauriger. Seine beiden Mitpatienten werden entlassen, und er bleibt allein zurück.

Die Stationsschwester erkennt seine Not, kommt in sein Zimmer und stellt ihm ein kleines mit Lametta und Kerzen geschmücktes Tannenbäumchen auf den Tisch. „Für Sie, Herr Finkbeiner. Es ist doch Weihnachten. Christus ist geboren, und wir haben allen Grund, uns zu freuen."

Der Patient hört die Worte, dreht sich aber daraufhin auf die andere Seite. Sein Inneres ist nicht auf Weihnachtsfreude eingestimmt.

Schwester Sabine macht sich Sorgen um ihren Patienten. Sie weiß, dass sie handeln muss. Nichts ist für eine Heilung schädlicher als Traurigkeit und Depression. So holt sie sich noch Schwester Yvonne zur Unterstützung und bringt ihm am Heiligabend selbst das Festessen ans Bett: Kartoffelsalat und Würstchen. Die beiden Diakonissen bleiben im Krankenzimmer und essen mit ihm gemeinsam. Heute Abend gehört ihre Freizeit dem bedrückten, traurigen Patienten. Sie singen ihm Weihnachtslieder und lesen ihm die Geschichte von der wunderbaren Geburt Christi vor. Das Kind in der Krippe ist einzigartig und ist uns zuliebe Mensch geworden.

Plötzlich ruft die Nachtschwester Schwester Sabine auf den Flur. „Herr Finkbeiner Junior und Gattin sind gekommen."

Schwester Sabine begrüßt die Gäste. „Wir möchten unseren Vater besuchen. Können Sie ihn darauf vorbereiten?"

Nichts tut die Stationsschwester lieber als dies. Über das Gesicht des Alten geht ein Leuchten, als er die Neuigkeit vernimmt. Dann aber schreckt er zusammen. „Schwester Sabine, sagen Sie meinem Jungen, er soll kommen, aber bleiben Sie bitte auch hier."

Der Weg für die Begegnung zwischen Vater und Sohn ist nun frei. Das junge Ehepaar auf dem Gang ist erleichtert, zugleich auch etwas beklommen. „Schwester, Sie gehen doch mit uns", ist ihre Bitte.

„Aber klar!"

Der Sohn beugt sich zum Vater nieder und nimmt ihn in seine Arme. Tränen laufen ihm dabei über die Wangen.

Noch einmal lässt die Stationsschwester Kartoffelsalat und Würstchen aus der Küche holen. Jetzt ist es erst recht ein Festessen, ein Familienfestessen. Ein Gespräch kommt in Gang. Es bedarf nicht vieler Worte. Das jahrelange Schweigen ist gebrochen. Leise schleichen sich die beiden Diakonissen aus dem Zimmer. Vater, Sohn und Schwiegertochter reichen sich die Hand zur Versöhnung.

Am nächsten Morgen, als Schwester Sabine ihm den Blutdruck messen will, ruft Herr Finkbeiner ihr zu: „Schwester Sabine, das war mein schönstes Weihnachtsfest in meinem Leben. Danke, Schwester, vielen Dank!"

... weil du so wertvoll bist

Ich war zu einer Adventsfeier in eine Gemeinde geladen. Der Saal war herrlich geschmückt. Da waren Frauen am Werk gewesen, die wahrlich große Künstlerinnen sind. Schon der Anblick der festlich geschmückten Tische mit all den wunderschönen Gaben darauf hätte genügt, um das Herz höher schlagen zu lassen und es in eine rechte Weihnachtsstimmung zu versetzen. Kleine silberne Leuchter verbreiteten ein warmes Licht. Tannenduft zog in jede Nase und schaffte ein wohliges Behagen. Das zarte Weihnachtsgebäck weckte Appetit. Die bunten Servietten leuchteten in vielen Farben passend zu den Tischdecken. Ich blickte in den Saal und staunte über so viel Einfallsreichtum und Kreativität. Liebe stand hinter dem Einsatz junger und älterer Christen, die dies zuwege gebracht hatten. Im ganzen Ort war zu dieser Feier eingeladen worden, und Menschen, die vielleicht sonst nicht die Freudenbotschaft vom Kind in der Krippe hörten, sollten an diesem Nachmittag Christus begegnen können.

Und dann strömten die Eingeladenen herbei, festlich angezogen und voller Erwartungen. Der Saal füllte sich mit den Bewohnerinnen des Dorfes. Ein Staunen lag auf ihren Gesichtern. Ich hatte das Vorrecht, die frohe Botschaft vom Kommen Jesu in diese Welt zu verkündigen. Nun stand ich vorn am Podium und begann meine Rede. Alles war so herrlich, so schön, so leuchtend. Mein Thema, „... weil du so wertvoll bist", machte mir Freude. Klar und mit innerer Gewissheit sprudelten mir die Worte über die Lippen. Aber plötzlich stutzte ich. Vor mir saß in einer der vordersten Reihe eine junge Frau. Ihr Gesicht war schrecklich entstellt und von vielen Narben durchfurcht. Der linke Arm war durch eine Prothese ersetzt worden und die rechte Hand fehlte auch. Ich musste kurz innehalten, denn mit diesem Anblick hatte ich nicht gerechnet. Er nahm mir für eine Sekunde den Atem. Ich war betroffen und musste denken: „Welche Schmerzen hat diese Frau aushalten müssen. Wie sehr hat sie gelitten." Ich überwand den Schock und versuchte, sie freundlich anzuschauen. Ja, ich lächelte ihr sogar zu. Sie sollte merken, dass das Vortragsthema gerade ihr galt: „... weil du so wertvoll bist." Ich sprach vom Wert des Menschen, der aus der Wertachtung von Gott kommt. Ich zitierte dieses bedeutungsvolle Wort aus Jesaja 43: „Gott spricht: Weil du in meinen Augen so wertgeachtet bist, sollst du auch herrlich sein, denn ich habe dich lieb; darum fürchte dich nicht!" Diese junge Frau nickte, als ich den Vers zitierte. Sie hatte die Worte recht verstanden. Lebendig und voller Wärme konnte ich nun weitersprechen. Gerade dieses entstellte Gesicht forderte mich heraus, voller Herzlichkeit und Innigkeit von Gottes großer Liebe zu sprechen. Ich unterstrich das Jesajawort durch lebensnahe Beispiele.

Als ich meinen Vortrag beendet hatte, erfuhr ich mehr über diese junge Frau. Joana stammte aus Rumänien. Als das Regime von Ceausescu zusammengebrochen war, nutzte sie die Gelegenheit, mit ihrer Familie nach Deutschland überzusiedeln. In einem kleinen Dorf fanden die Eheleute ein Dach über dem Kopf und auch Arbeit, die den Broterwerb sicherte. Die Lebensbedingungen normalisierten sich allmählich. Ein Kind wurde ihnen geboren, und die beiden waren glücklich.

Während ihres Urlaubs packten Joana und ihr Mann das Auto, setzten die Vierjährige auf den Rücksitz, verstauten alle herrlichen Geschenke im Kofferraum und fuhren los. Sie wollten ihre Angehörigen besuchen, die in Siebenbürgen zurückgeblieben waren. Ein langer Weg lag vor ihnen, jedoch mit der Hoffnung, alle Lieben wiederzusehen. Hell strahlte die Sonne vom Himmel, und ohne Stau auf der Autobahn kamen sie schnell voran.

Aber kurz bevor sie das Reiseziel erreicht hatten, geschah ein schrecklicher Unfall. Dabei entzündete sich das Benzin, und die Flammen brannten lichterloh. Für ihren Mann und die vierjährige Tochter kam jede Hilfe zu spät. Sie verbrannten im Auto. Nur Joana konnte aus den lodernden Flammen heraus gerettet werden. Würde die schwerverletzte Frau überleben? Ja, Joana blieb am Leben. Aber das Erwachen aus der Bewusstlosigkeit war für sie grausam. Mit einem Flugzeug wurde sie nach Deutschland in eine Spezialklinik geflogen. Sie fragte sogleich nach ihrem Mann und dem Kind, als sie das Bewusstsein wieder erlangt hatte. Nach und nach erfuhr sie die volle Wahrheit, dass ihre Lieben in den Flammen umgekommen waren. „Ach, wäre ich doch bloß mit ihnen gestorben", jammerte sie. „Ich will nicht ohne sie weiterleben. Sterben will ich, bloß noch sterben." Ihre Verzweiflung war groß, denn zum Verlust ihres Mannes und ihrer Tochter kamen noch die entsetzlichen Schmerzen. Viele Operationen musste sie über sich ergehen lassen, und lange Zeit wussten die Ärzte nicht, ob sie überleben würde. Das Gesicht und die Arme waren am schlimmsten betroffen. Würde sie ihr Augenlicht behalten können? Manchmal meinte die junge Mutter dem Wahnsinn nahe zu sein, wenn die Schmerzen beim Verbandswechsel nicht mehr zu ertragen waren. Ohne Arm und ohne Hände war sie doch nun ein Krüppel und auf die Hilfe anderer angewiesen. Noch nicht mal waschen konnte sie sich und allein zur Toilette gehen. Als sie nach Wochen zum ersten Mal in den Spiegel schaute, erkannte sie sich nicht mehr wieder. Sie war eine schöne, junge Frau gewesen, und nun blickte sie eine entstellte Gestalt an, die zudem keinen Arm und auch keine Hand mehr hatte. Wieder bedrängte sie die Todessehnsucht. „Sterben will ich, lasst mich sterben", klagte sie den Ärzten. Ihr Lebensinhalt und ihr Lebenssinn waren ihr genommen worden. „So entstellt will ich nicht weiter leben." Jeden

Tag erfuhr sie, dass die Leute vor ihr zurückschreckten. Kam eine Putzfrau in ihr Zimmer und wollte den Boden wischen, dann konnte es passieren, dass sie sogleich das Krankenzimmer wieder verließ, weil sie auf solch einen Anblick nicht gefasst war. Und das geschah in einer Klinik, wo doch das Personal an Wunden und Narben gewöhnt ist. Wie würde es ihr erst gehen, wenn sie das Krankenhaus verlassen konnte? Die Menschen draußen würden mit Fingern auf sie zeigen. Überall auf der Straße würden sich alle Leute nach ihr umdrehen. Die Mütter würden ihre Kinder an sich reißen, um ihnen diesen Anblick zu ersparen. „Nein, mit solch einem Gesicht kann ich nicht weiterleben. Zum Gespött der Menschen bin ich geworden." „Hast du schon das Monster gesehen?", so würden die Jugendlichen hinter ihrem Rücken tuscheln.

Aber die Angst vor dem Richter im Himmel bewahrte sie davor, Hand an sich zu legen. So sah sie ihrer Zukunft mit Grauen entgegen. Aber Gott hatte noch ein Ziel mit Joana, das erkannte sie sehr bald. Auch ihre Eltern und Schwiegereltern standen zu ihr. Sie waren fromme Menschen und beteten täglich für sie. Ihre Liebe und Anteilnahme taten ihr wohl. Dadurch gewann Joana Mut. Sie traute sich in Begleitung ihrer Angehörigen wieder Spaziergänge zu unternehmen, allerdings erst, wenn es dämmrig wurde. Aber mit der Zeit wurde sie mutiger. Dann nahmen ihre Eltern sie mit in die Gemeinde. Die Besucher des Gottesdienstes wichen nicht vor ihr zurück, ja sie nickten ihr freundlich zu und nahmen sie sogar in den Arm. Solche Liebe tat ihr wohl. Die Sehnsucht nach Gott brach in ihr auf, wie sie sie zuvor nie gekannt hatte, und sie wollte Christus kennen lernen, von dem sie in ihrer Jugend Abstand genommen hatte. Ja, sie wurde hungrig nach jedem Wort in der Bibel. Aufmerksam lauschte sie den Predigten, und mit ihrer Mutter las sie die Heilige Schrift. So kam ihr Jesus sehr nah. Er, der Gottessohn, hat ja selber ein so entsetzlich grausames Schicksal erlitten, als er am Kreuz auf Golgatha starb. Freiwillig ging er diesen Weg und nahm alle Qualen auf sich, um die Menschen mit dem Vater im Himmel zu versöhnen. Er hatte selbst keine Gestalt von Schönheit, so sagt es uns die Bibel, und die Worte aus Psalm 22, die in prophetischer Weise vom Gottesknecht gesagt werden, erschüttern uns, wenn wir sie lesen:

„Mein Gott, mein Gott, warum hast du mich verlassen? Ich heule, aber meine Hilfe ist ferne ...
Ich aber bin ein Wurm und kein Mensch, ein Spott der Leute und Verachtung des Volks.
Alle, die mich sehen, spotten mein, sperren das Maul auf und schütteln den Kopf:
Sei nicht ferne von mir, denn Angst ist nahe; denn es ist hier keine Hilfe ...

„Auch das ist Weihnachten", musste ich denken, „wenn ein Mensch erfährt, dass der Gottessohn sein Elend kennt und sich ihm naht." Er wählte den Weg in unsere Niedrigkeit und legte sich in die Krippe im Stall zu Bethlehem.

Später erduldete Jesus Schläge, Spott und Hohn. Am Karfreitag ließ er sich ans Kreuz nageln, starb einen qualvollen Tod, opferte sein Leben für uns, damit wir mit dem Vater im Himmel versöhnt leben können. Seit Jesus die Erniedrigung, die Schmach und die Schande, die Entstellung durch die Kreuzigung auf sich genommen hat, darf auch Joana Hoffnung haben. Sie darf aufatmen und sich tief in ihrem Herzen freuen, weil der Gottessohn selber solch schwere Leiderfahrungen machte und sie in ihrem Elend versteht. Jesus stellt sich auf ihre Seite und trägt ihre Schmerzen, ihren Kummer, ihre Last. Auch wenn Menschen ihr verbranntes Gesicht nicht sehen können und sich von ihr abwenden, Jesus steht zu ihr. In seinen Augen ist sie ihm ein wertvoller Mensch, er ist ihr Freund, ihr Helfer und Tröster.

Nachdem die Adventsfeier beendet war, kam die junge Frau an den Büchertisch. Sie suchte noch Geschenke für Weihnachten. Ich beriet sie gerne und reichte ihr mein Buch mit dem Titel „... weil du so wertvoll bist". Ich schaute ihr ins Gesicht und lächelte sie an. „Joana, du bist auch mir wertvoll. Ich staune über deinen Mut", musste ich denken. Fest drückte ich ihren Arm, denn die Hände waren ihr ja genommen.

Die Begegnung mit Joana war mein schönstes Weihnachtserlebnis im Jahr 2000. Vom Kind in der Krippe geht gewaltige Kraft aus. Sie geben einer Verzweifelten neue Zuversicht und Stärke. In Christus liegen wirklich alle Schätze verborgen. Heute habe ich einen solchen Schatz entdecken dürfen.

Weihnachten im Kessel von Stalingrad

Es war im Winter 1942 im Kessel von Stalingrad. Die deutsche Wehrmacht hatte schreckliche Verluste erlitten. Pausenlos schlugen die Geschosse der Russen in ihren Frontreihen ein. Hinzu kam die sprichwörtliche sibirische Kälte. Sie war mörderisch. Viele Soldaten erfroren im Schnee. Ringsum war die Armee von Feinden umzingelt. Es gab kein Entfliehen mehr.

Und dann wurde es Weihnachten, Weihnachten mitten im Todesgrauen.

Der Pfarrer und Arzt Dr. Reuber hinterließ ein Bild, das uns beim Betrachten einen Schauer über den Rücken jagt. Wir fragen uns zu Recht: Ist es möglich, Weihnachten zu erleben, wenn ringsum alles der Zerstörung, dem Frost, dem Kugelhagel, dem Tod ausgeliefert ist? Das Bild, „die Madonna von Stalingrad", lehrt uns die tiefe Bedeutung der Heiligen Nacht. Auf der Rückseite einer russischen Landkarte entdecken wir die Mutter Maria und ihr neugeborenes Kind. Diese Kohlezeichnung wurde mit der letzten Transportmaschine ausgeflogen und der Familie von Dr. Reuber ins Pfarrhaus von Wichmannshausen im Kreis Eschwege überbracht. Es war der letzte Gruß dieses wahrhaft begnadeten Künstlers.

Am 20. Januar 1944 starb Dr. Reuber in dem berüchtigten Gefangenenlager für deutsche Offiziere Jelabuge – 400 Kilometer westlich des Urals – an Flecktyphus. Das Original des Bildes aber hängt seit 1983 in der Gedächtniskirche in Berlin. Kurt Reuber schrieb Folgendes über das Bild an seine Frau:

„Ich habe lange bedacht, was ich malen sollte – und dabei herausgekommen ist eine Madonna oder Mutter mit Kind. Meine Lehmhöhle verwandelte sich in ein Atelier. Ich musste bei der Arbeit auf mein Bretterlager oder auf den Schemel steigen

49

und von oben auf das Bild schauen. Ich hatte für die große Zeichnung (90 cm x 115 cm) keine rechte Unterlage, nur einen schräg gestellten, selbst gezimmerten Tisch, um den ich mich herumquetschen musste, mangelhaftes Material, als Papier eine russische Landkarte. Aber wenn ich nur sagen könnte, wie mich diese Arbeit an der Madonna ergriffen hat!

Das Bild zeigt: Kind und Mutterkopf zueinander geneigt, umschlossen von einem großen Tuch. Mir kamen die Worte in den Sinn: LICHT, LEBEN, LIEBE.

Was soll ich dazu noch sagen? Die Worte werden zum Symbol einer Sehnsucht nach allem, was äußerlich so wenig das ist und was am Ende nur in unserem Innersten geborgen werden kann.

Ich will noch etwas von der Aufnahme der Zeichnung sagen: Als ich nach altem Brauch die Weihnachtstür, die Lattentür unseres Bunkers, öffnete und die Kameraden eintraten, standen sie wie gebannt, andächtig und ergriffen, schweigend vor dem Bild an der Lehmwand. Unter dem Bild auf einem in die Wand eingerammten Holzscheit brannte ein Licht. Die ganze Feier stand unter der Wirkung des Bildes – und gedankenvoll lasen sie die Worte: LICHT, LEBEN, LIEBE. Ob Kommandeur oder Landser, die Madonna war immer Gegenstand äußerer und innerer Betrachtung.“

Das ist Weihnachten: In einer Welt der Männer ist der Blick allein auf die Mutter Maria gerichtet. In der Welt des Mordens und des Todes sehen wir das neugeborene Kind. In einer Welt der ständigen Bedrohung und des Leids flammen Hoffnung und Geborgenheit auf. In einer Welt der Dunkelheit strahlt das Licht. Die Liebe kommt uns im Christuskind entgegen. Wie ist unsere Reaktion angesichts solcher Hoffnung? Wie die Hirten sollen wir an der Krippe in Bethlehem niederfallen und unseren Erlöser und Heiland anbeten.

Gerhard Tersteegen hat uns dieses wunderschöne Lied geschenkt:

„Sehet dies Wunder, wie tief sich der Höchste hier beuget;
sehet die Liebe, die endlich als Liebe sich zeiget!
Gott wird ein Kind, träget und hebet die Sünd;
alles anbetet und schweiget.“

Und Paul Gerhard singt voller Freude:

„Ich lag in tiefer Todesnacht,
du warest meine Sonne,
die Sonne, die mir zugebracht
Licht, Leben, Freud und Wonne.
O Sonne, die das werte Licht
des Glaubens in mir zugericht'
wie schön sind deine Strahlen!“

Gott war uns näher als zuvor

Weihnachten im Arbeitslager

Wir waren alle im Todeslager Auschwitz gewesen. Diejenigen, die nach Monaten in dieser Hölle noch als arbeitsfähig galten, kamen schließlich zur Zwangsarbeit in Rüstungsbetriebe. In unserer Fabrik wurde rund um die Uhr gearbeitet. Eine Schicht dauerte zwölf Stunden. Eine Woche tagsüber, die nächste nachts. Wir waren Arbeitssklaven, die nicht wie Menschen behandelt wurden. Binnen kürzester Zeit hatten wir rund fünfzehn Kilo abgenommen. Doch noch stärker als unter mangelnder Nahrung litten wir unter der Verletzung unserer Würde und unter der Trennung von unseren Angehörigen. Die NS-Schergen hatten uns von der Außenwelt abgeschnitten.

Von August 1944 bis Ende März 1945 lebten 150 junge Frauen und Mädchen in unserem Lager in einer westfälischen Kleinstadt. Die meisten waren Jüdinnen aus Ungarn, andere stammten aus der Slowakei, aus Polen und Russland. Ich war Christin jüdischer Abstammung und kam aus Ungarn. Rund ein Drittel der Frauen waren Christinnen.

Sollten wir Weihnachten einfach vergessen?

Einige hatten sich damit abgefunden, dass wir wohl auch das Weihnachtsfest unter diesen Bedingungen verbringen müssten. Wie aber sollten wir den Gegensatz zwischen diesem elenden Dasein und unserer Vorstellung von einem idyllischen Weihnachten ertragen? Sollten wir nicht besser alles vergessen, alle

Erinnerungen auslöschen und den Tag so durchstehen wie jeden anderen?

Doch je näher das Christfest heranrückte, desto klarer wurde uns, dass unsere Einstellung nicht richtig war. Wir verstanden, dass Gott seinen einzigen Sohn nicht dazu in die Welt gesandt hatte, damit wir schöne Familienfeste feiern und uns nach Herzenslust am Weihnachtsgebäck erfreuen können. Es ging doch darum, dass „diejenigen, die an ihn glauben, nicht verloren werden, sondern das ewige Leben erhalten." Diese Erkenntnis gab uns die Kraft, uns auf Weihnachten zu freuen.

Ein Wunder geschieht: Wir haben eine Bibel!

Wenige Tage vor Heiligabend ging unser sehnlichster Wunsch in Erfüllung: Wir erhielten ein Neues Testament! Seit Monaten waren wir ohne Bibel gewesen. Wenn es uns gelungen war, uns zu einer Andacht zu versammeln, dann behalfen wir uns anders: Wir sagten die Bibelverse auf, die wir seit der Kindheit auswendig kannten. Jetzt hatten wir eine Bibel! Und das kam so: Eine junge russische Mitgefangene hatte von unserem Herzenswunsch erfahren. Sie wurde von Zeit zu Zeit zu Arbeitseinsätzen in der Landwirtschaft abkommandiert und versprach uns, einem deutschen Bauern von unserem Wunsch zu berichten. Unsere Gebete wurden erhört. Das Neue Testament war unser schönstes Weihnachtsgeschenk. Nun konnten wir uns auf das Fest vorbereiten und sogar die Kraft finden, es auch möglichst schön zu gestalten.

Ein weiteres Wunder geschah: Ein deutscher Fabrikarbeiter schenkte uns eine Tanne. Eigentlich hätte der Mann gar keinen Kontakt zu uns haben dürfen. Wir gingen ans Werk, den Weihnachtsbaum zu schmücken. Abfälle der Munitionsfabrik wurden zu glitzerndem Christbaumschmuck. Verwaltungsformulare wurden zu Girlanden. Eine Mitgefangene, die Künstlerin war, zeichnete eine wunderschöne Krippe. Am 24. Dezember hörte die Fabrikarbeit ausnahmsweise schon mittags auf. Wir schmückten unser Bäumchen und sangen Weihnachtslieder. Plötzlich kam eine Aufseherin herein. Sie war eine der schlimmsten SS-Frauen im Lager. Ihr Blick fiel auf den Weihnachtsbaum. Mit scharfem Ton schnarrte sie, es sei verboten, die wertvollen Metallabfälle aus der Fabrik zu stehlen. Sie hatte kaum ausgesprochen, da drehte sie sich um und verließ den Raum. Die Leute, die ihr auf dem Gang begegneten, berichteten von Tränen in ihren Augen. Die hartherzige Frau war gerührt vom Anblick der Freude, die wir – trotz aller Trostlosigkeit – ausstrahlten. War das nicht auch ein Wunder?

Ein Gottesdienst im Lager

Am Abend versammelten wir uns um unser hübsches Bäumchen. Wir waren etwa 50 christliche Frauen. Die Lieder strömten aus uns heraus – dann las ich die Worte des Weihnachtsevangeliums vor. In unseren schmerzerfüllten Gemütern klang die Friedensbotschaft, als käme sie unmittelbar von den Engeln: „Ehre sei Gott in der Höhe und Friede auf Erden und den Menschen ein Wohlgefallen."

In kurzen Worten erzählte ich von der Liebe Gottes, die sich Tag für Tag auch in unserer Gefangenschaft erwiesen hat. Und von unserem Retter, der das ganze menschliche Elend auf sich genommen und viel mehr erlitten hat. Die Katholikinnen unter uns sprachen ihre Messegebete, und dann beteten wir gemeinsam. Gott war einer jeden von uns näher als je zuvor – näher als zu Hause, wo wir unter einem prächtigen Christbaum im Kreise der Familie gefeiert hatten. Uns wurde klar, dass wir aus Gottes Liebe leben und „dass wir alles vermögen durch den, der uns die Kraft gibt."

Aus Munitionsresten bastelten wir Geschenke

Nach der Andacht kam die Bescherung. Wir beschenkten uns gegenseitig mit armselig kleinen Geschenken, die uns aber wertvoller erschienen als alles, was es für teures Geld zu kaufen gibt. Es waren winzige Geschenke, liebevoll erstellte Andenken aus irgendwelchen Stoffresten oder aus dünnen Aluminiumblättchen, die bei der Herstellung der „V1"- oder „V2"-Raketen abfielen. Wir hatten sie – trotz strenger Kontrollen und Durchsuchungen – aus der Fabrik geschmuggelt.

Eines dieser Geschenke konnte ich aufbewahren, als es später bei der Befreiung drunter und drüber ging. Es begleitete mich auf dem abenteuerlichen Rückweg in meine Heimat. Bis heute trage ich es als Kettchen am Hals. Es ist ein winziges Kreuz aus Aluminium, auf dem mit einem Nagel das Datum „24. 12. 1944" eingeritzt ist und dazu auf Ungarisch die Worte der Bergpredigt: „Selig sind die Trauernden, denn sie werden getröstet werden." Ja, an diesem Heiligabend wurden wir tatsächlich getröstet. Wir erfuhren – vielleicht zum ersten Mal in unserem Leben – die wahre Weihnachtsfreude.

Aniko Mansfeld
(Mit freundlicher Genehmigung aus : idea – Spezial 9 – 1999)

Heiligabend in der Verbannung

Dostojewski erzählt in seinem Buch „Aufzeichnungen aus einem toten Haus"

„Endlich waren die Feiertage angebrochen. Schon am Heiligabend gingen die Sträflinge kaum noch zur Arbeit ... wer kann wissen, wie viele Erinnerungen beim Feiern eines solchen Festes in den Seelen dieser Ausgestoßenen wach wurden! Es sind Tage der Ruhe nach harter Arbeit, Tage, an denen sich die ganze Familie zusammenfindet. Im Zuchthaus aber konnten diese Erinnerungen nur Qual und Sehnsucht auslösen. Die Achtung vor dem Fest war bei den Sträflingen zu einer eigentümlichen Formalität geworden; nur wenige zechten, alle waren ernsthaft und schienen mit irgendetwas beschäftigt zu sein, wenn auch viele überhaupt nichts zu tun hatten. Aber auch die Müßiggänger und Zecher bemühten sich, eine gewisse Würdigung zu wahren ... Jedes Gelächter war verpönt ... Diese Stimmung der Gefangenen war bemerkenswert, ja rührend. Abgesehen von der angeborenen Ehrfurcht vor dem hohen Fest spürte der Sträfling unbewusst, dass er durch diese Beachtung des Feiertages gleichsam einen Berührungspunkt hatte zur ganzen übrigen Welt, dass er folglich noch nicht ausgestoßen und verloren war, ein von der Gesellschaft abgetrenntes Glied, dass es auch im Zuchthaus nicht anders zuging als bei anderen, anständigen Leuten. So empfanden sie alle, das war ganz offensichtlich. Und nur zu begreiflich ...

Es war noch nicht ganz hell geworden, da drangen vom Tor schon die ersten Rufe des Gefreiten herüber: „Köche her!" Diese Rufe erschollen an die zwei Stunden lang alle paar Minuten. Sie galten den Köchen, die kommen und die Almosen in Empfang nehmen sollten, die von allen Enden der Stadt am Zuchthaustor abgeliefert wurden. Diese Gaben liefen in großer Menge ein, und zwar in Form von Kalatschen, Brot, Quarkkuchen, Eierkuchen, Fladen, Pfannkuchen und anderem Buttergebäck. Ich glaube, es gab keine Kaufmannsfrau oder Kleinbürgersfrau in der Stadt, die nicht von ihrem Backwerk geschickt hätte, um den ‚Unglücklichen' und den Gefangenen ein frohes Fest zu wünschen. Da waren üppige Gaben – Brote aus Butterteig und feinstem Mehl –, die in großer Zahl geschickt worden waren. Aber auch sehr armselige Almosen waren darunter – etwa ein kleiner, billiger Kalatsch oder zwei Fladen aus dunklem Mehl, kärglich mit saurem Rahm bestrichen: das war die Gabe des Allerärmsten für die Armen. Alle diese Spenden wurden mit gleicher Dankbarkeit in Empfang genommen, ohne Unterschied zwischen üppigen und kärglichen Gaben, zwischen reichen und armen Spendern. Die Gefangenen, die die Almosen abholten, zogen die Mützen, verneigten sich, wünschten ein gesegnetes Fest und trugen die Sachen in die Küche. Als sich schon ganze Berge von gespendetem Backwerk auftürmten, wurden die Stubenältesten aus jeder Kaserne gerufen, die nahmen dann die Verteilung vor, wobei alle Kasernen gleichmäßig bedacht wurden. Es gab keinen Streit, kein Schimpfen; alles wurde redlich und gleichmäßig geteilt ...

Dabei gab es keine Einwände, es gab keine Missgunst untereinander; alle waren zufrieden. Niemand kam auf den Verdacht, von den Spenden könnte vorher etwas beiseite geschafft oder ungerecht verteilt worden sein ...

Viele Gefangene beteten bereits, hauptsächlich die Älteren. Von den Jüngeren beteten nur wenige: Sie bekreuzigten sich höchstens beim Aufstehen selbst am Feiertage ...

Unterdessen bereitete man sich in der Militärkaserne auf den Empfang des Geistlichen vor. In der Mitte des Raumes hatte man ein mit einem sauberen Handtuch bedecktes Tischchen aufgebaut, darauf hatte man eine Ikone gestellt und das Öllämpchen entzündet. Endlich traf der Geistliche mit Kreuz und Weihwasser ein. Nachdem er vor der Ikone gebetet und gesungen hatte, stellte er sich mit dem Gesicht zu den Gefangenen auf, und alle traten in aufrichtiger Andacht herzu, um das Kreuz zu küssen. Anschließend ging der Geistliche durch alle Kasernen und besprengte sie mit Weihwasser."

Ein behinderter Junge feiert Weihnachten

Pastor Bodelschwingh aus Bethel erzählt

Über eines musste ich mich verwundern bei der Weihnachtsfeier in Patmos. Wo ist denn nur mein kleiner Freund August geblieben? Müsste er nicht vorn in der ersten Reihe sitzen? Da er weder hören noch sprechen kann, sollte man ihm doch wenigstens die Freude gönnen, die Lichter und die Krippe aus der Nähe sehen zu dürfen. Schließlich entdecke ich ihn ganz hinten, wo die Schwestern sitzen. Ich frage die Hausmutter: Warum haben Sie denn August dahin gesetzt, wo er so wenig sehen kann? Ja, antwortet sie, den Platz hat er sich selber ausgesucht! – Warum denn? – Vor einigen Tagen war eine der Schwestern krank geworden. August, der mit seinen hellen Augen und seinem praktischen Sinn alles Ungewöhnliche sieht, hat es sogleich entdeckt. Man hat ihm begreiflich gemacht, die Schwester wäre krank. Er aber, dem Arbeit selbst höchste Freude ist, denkt: Das kann nicht stimmen! Die Schwester ist faul! Er, der achtjährige Hüter der Ordnung, dringt in die Stube der Schwester ein und droht ihr, sie solle aufstehen. Erst als man ihm das Thermometer zeigt und er sieht, dass sie wirklich Fieber hat, gibt er sich zufrieden. Nun aber bei der Weihnachtsfeier hat sich August stillschweigend auf den Platz der kranken Schwester gesetzt. Sie hat sonst zwei der schwächsten Kinder zu versorgen. Diesen Dienst hat er übernommen. Mit jedem seiner Arme hält er eins der unruhigen Kleinen fest. Freiwillig hat er auf die Stelle vorn im hellen Licht verzichtet, um den verborgenen Dienst der Liebe zu tun.

Als ich diese Erklärung hörte, musste ich mit Ehrerbietung zu meinem kleine Freund hinüberschauen. Ach, dachte ich, wie anders machen es doch meist die großen, gesunden Leute! Sie drängen sich nach vorn, sie wollen alles an erster Stelle genießen. Dieser arme, taubstumme Junge übernimmt selbstverständlich den unbequemen Liebesdienst. Gibt es etwas Größeres, als wenn aus dem verborgenen Schein im Herzen die Bereitschaft zum Dienst erwächst, die anderen seine Kräfte fröhlich zur Verfügung stellt?

Die Unruhe der Liebe

Ein Weihnachtsbrief Vater Bodelschwinghs
an seine Schwestern

„Der auch seines eigenen Sohnes nicht hat verschont, sondern hat ihn für uns alle dahingegeben: wie sollte er uns mit ihm nicht alles schenken?" Römer 8, 32.

Alles ist zu Weihnachten in Bewegung, in unserer deutschen Christenheit mehr als sonst irgendwo auf Erden. Alles arbeitet und schafft mit Martha – Fleiß bis tief in die Nächte hinein. Das wäre ja schön, wenn es lauter Unruhe der Liebe ist, die sinnt und sorgt, wie sie Freude bereiten soll: Die Eltern den Kindern, die Kinder den Eltern, die Gesunden den Kranken, die Reichen den Armen. Im Himmel gab es eine heilige Unruhe, als der Vater sich rüstete, uns, den Verlorenen, seinen einzigen Sohn hinzugeben, und als alle Engel, die da gelüstete, in dieses Geheimnis der Liebe zu schauen, ihre Harfen zu dem großen Weihnachtslobgesang stimmten. Ach ja, wenn es nur überall die rechte Unruhe wäre, die aus dem Glauben, der in der Liebe tätig ist, kommt, dann wäre es eine schöne Unruhe. Aber ihr wisst wohl, wie viel fleischliche, sündige Unruhe gerade an Weihnachten sich regt, und wie über den mancherlei irdischen Geschenken das himmlische Geschenk, die unaussprechliche Gabe Gottes, vergessen wird. Und das ist nun meine Bitte an euch, das erflehe ich für uns alle, dass unsere Unruhe nur die Unruhe der Liebe sei und dass in dieser Unruhe uns die Ruhe und die Stille der Seele nicht fehle, die da bereit ist mit Maria in heiliger Stille zu sprechen, wenn Gott seinen Sohn uns schenken, ihn in unserm

Herzen Wohnung machen lassen will: „Siehe, ich bin des Herrn Magd. Mir geschehe, wie du gesagt hast!"

Er kommt, er kommt mit Willen,
ist voller Lieb und Lust,
all Angst und Not zu stillen,
die ihm an uns bewusst.

Alle unzähligen Verheißungen Gottes im Alten Bund von der Willigkeit, uns zu helfen, werden besiegelt, und aller Unglaube wird nach Bethlehems Krippe zuschanden gemacht. Alles, was Gott als Dank von uns fordert, ist, dass wir das unaussprechliche Geschenk seiner Liebe annehmen, das Kindlein nicht in der Krippe liegen lassen, sondern in unser Herz aufnehmen, frohlocken und sagen: „Ein Kind ist mir geboren, ein Sohn ist mir gegeben, dessen Herrschaft ist auf seiner Schulter, und er hat auch meine Sünde getragen!"

Nimmst du so im Glauben dieses Geschenk an, so ist dir zugleich auch alles andere von selbst geschenkt. Dann hast du zugleich ein dankbares, freudenreiches, liebreiches, glückseliges Herz, das gar nicht anders kann, als sich nun auch der Elenden und Kleinen in derselben Liebe anzunehmen, in der sich dein Heiland deiner angenommen hat. Ach, wir wollen unsere Wunden nur zu oft selber verbinden und wissen nicht, wo es uns eigentlich fehlt. Am Glauben fehlt es, am kindlichen, festen Vertrauen zu Gottes liebreichem Vaterherzen. Haben wir dieses kindliche, feste Vertrauen zu seiner Liebe, dann haben wir genug; dann haben wir Frieden, Liebe, Demut, Sanftheit, Geduld, können die gegenseitigen Gebrechen tragen, können leiden, auch schwere Kränkungen mit Freuden ertragen, können allezeit getrost und selig sterben!

Kommt, lasst uns ihm unter dem Weihnachtsbaum dafür innig danken, lasst uns ein festes, kindliches Vertrauen zu ihm fassen, dass er auch weiterhin alles wohl machen werde. Auf dieses Vertrauen auf Jesus gegründet, lasst uns auch ein ganz herzliches Zutrauen zueinander fassen, dass wir es wohl miteinander meinen; lasst uns unter dem Weihnachtsbaum am Kripplein Christi die Hände fester ineinander legen, uns alles von Herzen vergeben, treulich füreinander beten und im Frieden Gottes an Jesu Hand getrost in das neue Jahr gehen.

In innigster Liebe
euer Bodelschwingh

Jens und sein Weihnachtsgedicht

Von einem jungen Mann will ich erzählen. Seine Kindheit war freudlos, und so blieb er lange Zeit recht verängstigt und schüchtern. Hinzu kam, dass er schwer behindert war. Seine Stiefeltern behandelten ihn schlecht. Oft wurde er wegen Kleinigkeiten ausgeschimpft und manchmal sogar geschlagen. Verschüttete er beim Frühstück etwas Kakao auf das Tischtuch, und daran waren seine zitternden Hände schuld, dann wurde ihm die Tasse einfach weggenommen. Er durfte nicht weiter essen, und sein Magen knurrte dann vor Hunger.

Er war schon mit großen körperlichen Missbildungen auf die Welt gekommen. Seine Gliedmaßen waren verkrüppelt. Nur tänzelnd konnte er sich fortbewegen. Sollte er beim Abräumen mithelfen, dann passierte es, dass er einen Teller oder ein Glas fallen ließ.

Stürzte er beim Gehen auf das Pflaster und riss er sich ein Loch in die Hose oder beschmutzte dabei seinen Pullover, dann besaß der Vater die Grausamkeit, dieses arme, verkrüppelte Wesen mit einem Riemen zu schlagen. Tagelang konnte man die blauen Flecken auf seinem Hinterteil und Rücken sehen. Diese körperliche Misshandlung war dann auch der Anlass, dass die Fürsorge eingriff. Jens wurde den Eltern weggenommen und kam nach Bethel zu Pastor Bodelschwingh. Dort lebte er sich schnell ein, ja er fühlte sich im Kreis der anderen Behinderten wohl und freute sich, dass die Schwestern liebevoll mit ihm umgingen. Wenn er sah, wie freundlich die Diakonissen ihre Schützlinge betreuten, dann wurde er bereit, ihnen zu helfen. Tischdecken gehörte zu seinen Aufgaben. In rührender Weise griff er zu, wenn er sah, dass ein geistig behindertes Kind sich nicht mehr zu helfen wusste. Um die Ärmsten und Schwächsten kümmerte er sich. So bestand sein Tagesablauf aus lauter kleinen Handreichungen. Mehr ließen seine verkrüppelten Hände und Füße nicht zu.

So wuchs Jens in Bethel heran. Er gewann eine fröhliche Art und erfreute seine anderen jungen Heimbewohner oft mit einem lauten Lachen. In der Schule machte er gute Fortschritte. Es zeigte sich, dass er einen wachen Geist hatte und leicht lernte. Es machte ihm Freude, kleine Gedichte zu schreiben und seine Erzieher damit zu beglücken. Hatte sein Klassenlehrer Geburtstag, dann landete oft ein großer weißer Bogen mit schönen Versen auf seinem Pult.

Einmal verfasste er folgendes Weihnachtsgedicht:

„O Kindlein in der Krippen,
wir kommen heut zu dir,
verstummt sind unsere Lippen
und knien nieder hier.
Reich du uns deinen Frieden
und schenke Licht hinieden.
Dein Friede komme wieder
auf uns, wir bitten dich:
Segne deine Glieder,
dann freuen alle sich!
Lass uns zu Friedensmenschen werden
hier auf der armen Erden.“

Er fügte am Schluss noch herzliche Grüße an und wünschte allen Bewohnern in Bethel mit Johannes 1, 14 ein gesegnetes Christfest.

„Und das Wort ward Fleisch und wohnte unter uns, und wir sahen seine Herrlichkeit, eine Herrlichkeit als des eingeborenen Sohnes vom Vater, voller Gnade und Wahrheit.“

Ein großer Tag für Vater Martin

Eine Nacherzählung von Leo Tolstoi

Kennst du die Geschichte von Vater Martin? Vater Martin war Schuster und liebte seine Arbeit. In seiner Werkstatt lagen auf der Erde viele Schuhe herum, kleine und große, feine und grobe, alte und neue, schwarze und braune. Außerdem konnte man glänzendes Leder, Nägel und Werkzeug entdecken. Seine Hände waren geschickt und flink zugleich. In seiner Werkstatt lebte, arbeitete und schlief Vater Martin. In einer Ecke stand der gusseiserne Ofen, auf dem er sich seinen Borscht – das ist eine Kohlsuppe – kochte. Manchmal, wenn er müde war, setzte er sich in seinen knarrenden Korbsessel und ruhte aus.

Vater Martin war zufrieden. Er besaß genügend Geld, um sich Zucker für seinen Tee, Brot und Wurst zu kaufen. So lebte er fröhlich in den Tag hinein und war ein dankbarer Mensch. Ab und zu sang und pfiff er sogar ein Lied vor sich hin, so glücklich war er. Wenn an seinen Fenstern Menschen vorübergingen, dann nickte er ihnen verschmitzt zu und lächelte. Jeder freute sich über seinen freundlichen Gruß und winkte zurück.

Aber heute kam Vater Martin kein Lied über die Lippen. Er war traurig. Seine Gedanken gingen zurück zu seiner lieben Frau, die ihm viele Jahre die Treue gehalten hatte. Viel zu früh hatte der Tod sie von seiner Seite gerissen. Seine Söhne und Töchter waren herangewachsen und hatten selbst Familien gegründet. Nun war er allein übrig geblieben. Einsam war er geworden, und es war ihm schwer ums Herz.

Überall in den Häusern herrschte Fröhlichkeit, denn es wurde Weihnachten gefeiert. Er vernahm Kinderlachen, denn die Freude über die schönen Geschenke war groß. Er verspürte den Duft von gebratenen Gänsen und Enten in seiner Nase, und auf der engen Gasse schlenderten die Menschen in festlicher Kleidung zum Gottesdienst.

Allmählich fing es an zu dämmern. Vater Martin holte sich die alte, dicke Bibel vom Schrank, zündete die Petroleumlampe an und lehnte sich in den knarrenden Lehnstuhl zurück. Er las die Geschichte von Joseph und Maria und dem Jesuskind, denn heute war Heiligabend, und auf der ganzen Welt wurde die Geburt Christi gefeiert.

Während er langsam Zeile um Zeile las, schüttelte er immer wieder mit dem Kopf. „Nein, nein, wie konnten die Menschen nur so hartherzig sein und Maria die Herberge verwehren. So musste das Jesuskind in einem Stall bei Ochs und Esel in einer Krippe geboren werden. Hätte die Gottesmutter bei mir angeklopft, ich wäre sofort aufgesprungen, hätte ihr die Tür geöffnet und sie in meinem Bett schlafen lassen. Wie schön wäre es gewesen, zu Weihnachten Gäste in meinem Hause zu haben, dazu noch den Gottessohn. Maria hätte das Kind in meine warme Decke einwickeln können. Das Beste wäre für dieses heilige Kind gerade gut genug gewesen."

Während ihn diese Gedanken bewegten, kochte sich Vater Martin Tee, putzte den Zylinder der Öllampe sauber und las dann weiter.

Ach, wie staunte er über die Weisen aus dem Morgenland. Wie viel wertvolle Geschenke breiteten sie vor der Mutter und dem Kind aus: Weihrauch, Myrrhe, Gold und noch vieles mehr.

Aber plötzlich wurde sein Gesicht beim Lesen dieser Verse traurig. Er seufzte tief: „Nein, nein, wenn Jesus zu mir gekommen wäre, dann hätte ich ihn mit gar nichts erfreuen können. Weihrauch, Gold und Silber habe ich nicht. Meine Schubladen sind leer."

Aber dann hellte sich seine Miene auf. Er lächelte und schlurfte zu seinem Küchenbord. Obenauf lag eine graue Schachtel. Sie war schon ganz verstaubt. Er öffnete den Deckel und holte ein paar winzig kleine Kinderschuhe heraus. Er hatte sie selbst angefertigt. Es waren die schönsten und bequemsten Kinderschuhe, die er je hergestellt hatte. Ein Strahlen ging über sein Gesicht. In seiner Erinnerung sah er seine Buben und Mädchen vor sich, wie sie breitbeinig und noch wacklig auf den Füßen durch seine Werkstatt tappten. Von allen Seiten betrachtete er die Schuhe, strich über das weiche Leder und verstaute sie wieder in dem grauen Karton. „Diese Schuhe hätte ich dem Heiland gegeben", flüsterte er vor sich hin. Mit diesem frohen Gedanken nickte er auf seinem Korbsessel ein.

Aber plötzlich schreckte der alte Schuster zusammen. Er vernahm eine Stimme: „Vater Martin, du wolltest doch, dass ich dich besuche. Morgen komme ich zu dir. Achte genau auf alles, was dir begegnet, damit du mich auch erkennst. Jetzt sage ich es dir noch nicht, wer ich bin. Aber warte bis morgen!"

Dann wurde es wieder ganz still in seiner Werkstatt. Nur draußen hörte er die Glocken vom Kirchturm herüberläuten, denn es war ja Heilige Nacht.

„Ob das wohl die Stimme des Jesuskindes war? Sicherlich! Oder habe ich vielleicht doch nur geträumt? Auf alle Fälle werde ich jetzt aufpassen."

In dieser Nacht blieb das Bett von Vater Martin leer. Er hockte in seinem Korbsessel, trank Tee und schaute aus dem Fenster. Mitternacht war schon lange vorüber, und ein neuer Tag brach an. Die Dämmerung wich, und die Sonne warf ihre ersten Strahlen über die Dächer. Draußen huschten die Leute an seinem Haus vorüber. Aber kein Mensch blieb an seiner Tür stehen. Er trat näher ans Fenster, hauchte gegen die mit Eisblumen bedeckte Scheibe, vergrößerte das Guckloch und presste sein Gesicht gegen das frostige Glas. Am Ende der engen Gasse sah er einen Mann, der mit eiligen Schritten immer näher kam. War das Jesus?

Enttäuscht winkte er mit der Hand ab. Das war ja nur der Straßenkehrer, der mit seinem zerborstenen Reisigbesen jede Woche die Straße fegte. Etwas missmutig trat er vom Fenster zurück. Er wartete doch auf Jesus, den Heiland der Welt. Fast ärgerlich wollte er sich in seinen Sessel fallen lassen, zog es aber dann doch vor, sich wieder ans Fenster zu stellen und zu schauen, bis der Mann an der Straßenbiegung verschwunden war. Doch der Mann blieb genau gegenüber seinem Haus stehen, rieb sich die Hände, stampfte kräftig mit seinen Füßen auf und zog sich die Pudelmütze tiefer in die Stirn. Ob der Alte wohl fror? Es war ja bitterkalt draußen. Dass man bei so einer Kälte überhaupt einen Menschen vor die Tür schickte, damit er die Straße fegte, war sträflich genug, wo doch heute Weihnachten ist.

Vater Martin war entsetzt. Der Straßenkehrer tat ihm Leid. „Ich werde ihm die Tür öffnen und ihn zu mir bitten. Der Herd hat genügend Glut, da kann er sich wärmen. Dann biete ich ihm noch eine Tasse Tee an. Der Alte ist ja fast zu einem Eisklumpen erstarrt."

Ein Strahlen ging über das Gesicht des Straßenarbeiters. Genüsslich trank er seinen Tee, hielt seine blaugefrorenen Hände über die rotglühende Herdplatte, wärmte sich die Füße und wurde recht munter. „Vergelt's Gott!", bedankte er sich.

„Du brauchst dich nicht bei mir zu bedanken. Heute ist doch Weihnachten", lächelte ihm der Schuster ins Gesicht und beobachtete weiter die enge Gasse.

„Na, du wartest auf Besuch? Störe ich dich?"

„Nein, nein", schüttelte Vater Martin den Kopf. „Aber heute will Jesus, der Gottessohn, zu mir einkehren. Das hat er mir gesagt."

„Was es so alles gibt!", staunte der Straßenfeger. „Herzlichen

Dank für die gute Tasse Tee. Sie hat mich von innen her aufgewärmt. Viel Glück!"

Vater Martin begleitete den Alten mit seinem zerborstenen Reisigbesen bis vor die Tür, blieb stehen und schaute die Straße hinunter.

Ein paar Zecher torkelten übermütig den Gehweg entlang und grölten. Auf der anderen Straßenseite entdeckte er einige Familien, die er gut kannte, Frauen und Männer und eine ganze Schar von Kindern. Fröhlich grüßten sie zu ihm herüber: "Gesegnete Weihnachten, Vater Martin!"

Er winkte zurück und erwiderte den Gruß.

"Aber wo blieb Jesus nur?"

Er wollte seine Tür gerade wieder schließen, als sein Blick an einer zerlumpten Frau hängen blieb. Ausgemergelt und mit einem Kind im Arm keuchte sie die Gasse hoch. Die junge Mutter war völlig erschöpft.

"Willst du nicht einen Augenblick zu mir hereinkommen und dich ein wenig aufwärmen? Viel kann ich dir nicht bieten, aber das wenige, das ich habe, will ich gerne mit dir teilen."

Er bot der jungen Mutter etwas von seinem Borscht und Brot an. Sie aber lehnte ab.

"Soll ich für dein Kind ein bisschen Milch heiß machen? Der Kleine hat bestimmt Durst."

Das Bübchen lachte und strampelte mit den Beinen.

"Aber dein Kind hat ja gar keine Schuhe an!" Erschrocken schaute Vater Martin auf Mutter und Kind.

"Ja, leider reicht das Geld nicht", seufzte die Mutter, "sonst hätte ich ihm sicher Schuhe gekauft." Ganz verzweifelt schaute die Frau bei ihren Worten drein.

Plötzlich wurde Vater Martin ganz aufgeregt. Er trat an den Schrank, holte den Karton herunter und hob den Deckel ab.

"Hier, nimm die Schuhe! Sie werden dem Jungen passen. Ich

habe sie selbst gemacht, und das Leder ist wunderbar weich. Von jetzt ab soll dein Sohn keine kalten Füßchen mehr bekommen."

„Wie soll ich Ihnen für Ihre Freundlichkeit danken?", rief die Mutter glücklich aus.

Vater Martin nahm den Dank gar nicht so recht wahr. In Gedanken war er schon wieder auf der Straße. Er wartete noch immer auf seinen hohen Gast, und dann erzählte er der Mutter von der Stimme, die er im Traum gehört hatte.

„Ich hoffe, dass der Gottessohn in Ihrem Hause einkehren wird. Für Ihre Güte und Freundlichkeit danke ich Ihnen. Sie haben mir wohlgetan. Wie gut waren Sie zu mir und meinem Kind. Sie hätten solch einen hohen Gast wie Jesus verdient."

Verschämt schaute Vater Martin zu Boden. Wie lieb war diese Frau und dankbar dazu.

Dann war er wieder allein. Auf der Gasse herrschte nun munteres Treiben. Allerlei Menschen waren unterwegs.

Aber plötzlich bekam Vater Martin Angst. Hatte er am Ende seinen Gast, den Gottessohn, verpasst? Vielleicht war er gerade dann an seinem Haus vorbeigegangen, als er Tee kochte oder die Milch wärmte oder das Feuer schürte?

Draußen wurde es schon dämmrig. Er musste sich doch geirrt haben. Ach, wie konnte er nur so hohe Erwartungen hegen und denken, dass das Jesuskind gerade zu ihm einkehren wollte?

Traurig setzte sich der Schuster in seinen Lehnstuhl. Noch einmal griff er zur Bibel. Aber sein Herz war nun bedrückt und seine Augen müde. Die Kraft wollte nicht mehr zum Lesen reichen. „Vielleicht war doch alles nur ein Traum gewesen, und dabei hatte ich mich so auf Jesus gefreut!"

Seine Augen wurden nass, und die Tränen kullerten nur so die Wangen herunter. Plötzlich aber hörte Vater Martin wieder dieselbe Stimme wie in der Nacht zuvor. Er hätte nicht sagen können, woher sie kam. Zogen da nicht Menschen durch seine Werkstatt? Waren das vielleicht die junge Mutter mit dem Kind auf dem Arm und der zerlumpte Straßenkehrer? Vater Martin war nicht allein. Er wischte sich die Tränen von den Wangen.

Und die Stimme fragte ihn: „Hast du mich nicht erkannt, Vater Martin, wirklich nicht?"

„Wer seid ihr?", fragte der Schuster. „Sagt es mir, bitte!"

Ganz deutlich vernahm Vater Martin folgende Worte: „Ich bin hungrig gewesen, und ihr habt mir zu essen gegeben. Ich bin durstig gewesen, und ihr habt mir zu trinken gegeben. Ich bin ein Fremder gewesen, und ihr habt mich aufgenommen. Ich bin nackt gewesen, und ihr habt mich gekleidet. Wo immer du einem Menschen geholfen hast, da hast du mir geholfen!"

Still war es nun in der Schusterwerkstatt, ganz still.

„Dann ist Jesus doch gekommen und hat mich besucht", murmelte Vater Martin leise vor sich hin. Er musste schmunzeln, und seine Augen strahlten hinter seiner kleinen, runden Nickelbrille.

Liebeskummer unter dem Christbaum

Zum ersten Mal in meinem Leben war ich verliebt, verliebt bis über beide Ohren. Im Sommer hatte ich in einem internationalen Jugendlager Douglas kennengelernt. Seine Art zu reden, sich zu bewegen, sich dem anderen zuzuwenden, ihn anzuschauen und auf ihn zu hören, zog mich mächtig an. Er hatte vieles, was mich mit ihm verband. Da war seine Liebe zum Wort Gottes. In seiner Jackentasche trug er ein kleines, in Leder gebundenes Neues Testament. Es war schon ganz zerlesen. Manchmal haben wir miteinander über Bibeltexte gesprochen oder auch einen Psalm gemeinsam betrachtet. Douglas war Christ, und oft haben wir uns über unseren Glauben ausgetauscht. Er kam aus Amerika, aus dem Staate Ohio, und war nach Deutschland gekommen, um dieses Land kennen zu lernen. Er wollte auch gern Kontakt zu jungen Deutschen schließen. Als Quäker hatte er sich der Idee der Versöhnung verschrieben, und das war eine Haltung, die auch mir sehr gut gefiel. Vier Jahre zuvor hatte ich zum Glauben an Christus gefunden. Nie wieder Krieg, das war auch mein Bestreben, denn durch den schrecklichen Zweiten Weltkrieg hatte meine Familie liebe Menschen und auch die Heimat verloren. Wir litten noch immer bittere Not. Mein Vater hatte seinen Beruf als Professor verloren. Mit unseren Pferden, die uns die Flucht ermöglicht hatten, hielten wir uns mehr schlecht als recht über Wasser, indem meine Eltern für die Kleinbauern arbeiteten oder aus dem Wald Holz holten.

Dass ich zu diesem Workcamp eingeladen worden war, kam mir einem Wunder gleich, denn meist musste ich in den Ferien bei den Bauern auf dem Feld helfen, die Ernte einzubringen, oder ich verdiente mir ein paar Mark im Haushalt, um mir für den Winter Schuhe kaufen zu können. Nun genoss ich die vier wunderschönen Wochen mit anderen jungen Menschen aus den Vereinigten Staaten. Ich legte sehr schnell meine Scheu ab und sprach Englisch im Camp. Die Amerikaner konnten nämlich kein deutsches Wort verstehen. So gelang es mir, meine Englischkenntnisse wesentlich zu verbessern. Das machte Spaß, denn ich hatte mich schon immer für Fremdsprachen interessiert. Nie mehr in meiner Schulzeit würde sich mir eine solch günstige Gelegenheit bieten, und ich habe in dem einen Monat mehr Englisch gelernt als ich sonst in einem Jahr in meiner Klasse hätte lernen können. In dem Lager gefiel es mir sehr gut, und ich hatte noch dazu das Glück, mich in Douglas zu verlieben. Meine Zuneigung zu dem jungen Mann wurde von ihm erwidert. So verbrachten wir unsere freie Zeit miteinander. Wir gingen viel spazieren, diskutierten über Probleme, die uns aus der Zeit des Dritten Reiches bewegten, und sangen die neuesten Lieder in der christlichen Szene. Douglas konnte auch gut Klavier spielen, er studierte Musik und wollte gerne Pianist werden. Als Hobby hatte er sich das Malen ausgesucht. Besonders freute ich mich, dass Douglas meine Liebe zu Negro Spirituals, den geistlichen Liedern der Schwarzen weckte.

An den Wochenenden unternahmen wir mit der Gruppe Fahrten ins Weserbergland, in die Rhön oder in den Kaufunger Wald. Dann saß Douglas im Bus an meiner Seite: Ich schwebte auf Wolke sieben. Schade, dass die Zeit so schnell vorüberging und wir Abschied voneinander nehmen mussten. Ich vergoss Tränen, aber Douglas tröstete mich und versprach mir, Briefe zu schreiben. Wenn ich mittags aus der Schule kam, war dies meine erste Frage: „Habe ich Post?" Ja, ich bekam Post, sehr viel sogar.

Der Heiligabend 1953 rückte näher, und plötzlich kam keine Post mehr von Douglas an. Immer musste ich auf meine dringende Frage nach einem Brief ein Nein hören. Nichts trübte meine Stimmung mehr als dieses kurze Wort: „Nein". Warum schreibt mir Douglas nicht? Ist unsere Beziehung in die Brüche gegangen? Für mich war Douglas der Mann für mein Leben. Ich war jetzt neunzehn Jahre. In diesem Alter hatte meine Mutter schon geheiratet. Ich wurde traurig, ja verzagt. Liebeskummer tut weh, schrecklich weh.

Der 24. Dezember war angebrochen. Heute war der letzte Termin, um noch eine Nachricht vor Weihnachten zu erhalten, und der Briefträger durfte mich nicht leer ausgehen lassen. Ich wartete, lief dem Postboten schon von weitem entgegen und war enttäuscht, als ich wieder keinen Brief in Händen hielt.

Zudem schickte mein Vater mich los, ich sollte noch vor dem Christfest von sechs säumigen Zahlern Geld eintreiben. Vor drei Wochen hatte mein Vater ihnen Brennholz aus dem Wald geholt, und noch immer war die Rechnung nicht beglichen. Wir brauchten dringend Geld. Zu dieser lästigen Aufgabe wurde ich immer ausgesucht, weil ich in meinen Forderungen recht beharrlich war, mich meist durchsetzen konnte und Geld nach Hause brachte. Es war Weihnachten, und wir wollten doch auch ein Festessen genießen. Also wurde ich losgeschickt. Der Weg ins Nachbardorf war weit, etwa vier Kilometer, der Wind blies mir mächtig ins Gesicht, und durch meine Halbschuhe drang der Schneematsch. Ich litt, und meine erfrorenen Zehen machten mir bei der Kälte wieder zu schaffen. Beim ersten Haus, an dem ich klingelte, wurde die Tür gar nicht erst geöffnet. Die zweite Familie jagte mich mit hässlichen Worten davon, wie ich es wagen könnte, mitten in ihre Weihnachtsvorbereitungen hineinzuplatzen. Beim dritten Haus wurde ich erst gar nicht hereingelassen, man vertröstete mich, ich sollte im neuen Jahr wiederkommen. Mir entschwand der Mut. Ich hatte nicht mehr die Kraft, beim nächsten säumigen Zahler anzuklopfen. Die Tränen rannen mir übers Gesicht. Dies war heute nicht mein

Tag, ich war in jeder Weise glücklos. So kehrte ich dem Ort den Rücken und trat den Heimweg an. Nichts hatte ich erreicht, gar nichts, und zu Hause wartete meine Mutter auf das Geld, weil sie noch Lebensmittel einkaufen wollte. Sie wünschte sich so sehr, uns zum Fest eine Freude zu bereiten. Keinen einzigen Pfennig konnte ich ihr auf den Tisch legen. Zudem wurde ich noch vom Vater ausgeschimpft, warum ich mich denn hatte abweisen lassen. Mir war elend zumute. Ich hatte versagt, kläglich versagt. Vielleicht hätten mir ja die anderen Schuldner meine Hand gefüllt, so aber konnten wir keine fröhlichen Weihnachten feiern.

Es wurde für mich ein schreckliches Christfest. Der Liebeskummer nagte an meiner Seele, und meiner Familie gegenüber fühlte ich mich schuldig. So schleppten sich die Festtage dahin. Noch nicht mal heulen konnte ich, denn nirgends hatte ich einen Ort, an dem ich allein war. Wir wohnten nur in einer Küche mit kleiner Kammer, und in der Nacht musste ich mein Bett mit meiner Schwester teilen. Wie hätte ich da schluchzen und Tränen vergießen können? So war ich froh, dass Vater mich bat, im Stall zu helfen. Arbeit war noch immer die beste Methode, um mit dem Kummer fertig zu werden. Von nun an wollte ich keine Erwartungen mehr an das Leben stellen. Das Glück war mir wohl nicht hold. So verbrachte ich über Weihnachten viele Stunden bei unserem Vieh.

Es kam der 27. Dezember. Ich fütterte die Pferde und mistete die Schweineboxen aus. Anschließend sollte ich noch die Ziege melken. Davor hatte ich immer Angst, denn unsere Lisa hatte oft schlechte Laune und hatte mir schon mehrmals einen kräftigen Stoß versetzt. Seitdem band ich ihre Hörner mit einem Strick an den Balken. Ich war gerade mit dieser Aufgabe beschäftigt, als mein Vater den Stall betrat. „Lotte, du hast ein Päckchen aus Amerika." Ich ließ Lisa Lisa sein und flog meinem

Vater entgegen. Ja, es war ein Gruß von Douglas. Ich rannte in die Küche. Meine Hände zitterten, als ich den Bindfaden löste. Also hatte Douglas mich doch nicht vergessen? Eine Welle des Glücks, unbändigen Glücks durchströmte mich. Ich griff nach dem in Goldpapier eingepackten Geschenk und wickelte es aus. Es war ein Bild. Douglas hatte es mir selbst gemalt. Mitten im Stall zwischen Ochs und Esel lag das Jesuskind in der Krippe, von einem hell glänzenden Licht überstrahlt. „Christ was born, and joy has come." (Christus wurde geboren und die Freude ist angebrochen.) Diese Worte grüßten mich.

Meine Traurigkeit wich wie im Flug. Mit diesem Gruß erlebte ich die heilende Kraft der Liebe. Ich hielt ein Geschenk in Händen, das mir sehr wertvoll war. Für allen erlittenen Kummer war ich nun mit diesem Päckchen entschädigt. Also war ich doch nicht vergessen worden. Douglas liebte mich noch immer. Ich legte das Bild zwischen zwei Seiten eines Buches und versteckte es unter meinem Kopfkissen. Ja, ich schlief die Nacht sogar darauf. Es war mein wunderbares Geheimnis, meine stille Freude, mein großes Glück.

Zwei Jahre später lernte ich in Marburg einen Theologiestudenten kennen. Wir verlobten uns und heirateten noch im selben Jahr. Es lagen wohl doch zu viele Meere zwischen Deutschland und den USA. Die Erinnerung an Douglas ist aber geblieben. Heute liegen die Briefe und das Bild wohlverschnürt in einem Karton auf dem Dachboden. Es war einmal, so heißt es nicht nur im Märchen.

Die Adventsreise

Ein Freund unserer Familie wollte umziehen. Wie das so üblich ist, nutzte er die Gelegenheit, vieles, das er nicht mehr brauchte, auszurangieren.

Unter anderem fand er mehrere Kartons alter Zeitschriften „Licht und Leben". Pfarrer Wilhelm Busch hatte sie herausgegeben. Unserem Freund kamen Bedenken, ob er die wichtigen Hefte einfach zum Altpapier werfen sollte. So fragte er uns, ob wir vielleicht daran Interesse hätten. Ich entdeckte darin wahre Reichtümer. Die vorweihnachtlichen Abende wurden zu wunderschönen Lesestunden. Es war mir so, als stünde Pfarrer Busch direkt in meinem Wohnzimmer. Ich verehre ihn sehr und habe ihn auch einmal persönlich kennen lernen dürfen. Die folgende Geschichte stammt aus seiner Feder:

O, wie lange ist das jetzt her! Den ersten Weltkrieg haben wir ja über den späteren aufregenden Erlebnissen ganz vergessen. Doch bei uns, die wir den „Schlamassel" mitgemacht haben, tauchen je und dann Erinnerungen auf.

Ich war damals ein junger Unteroffizier in einer Batterie. Die meiste Zeit lag ich vorn im Graben in Beobachtungsposition. Da stank es nach Leichen und es regnete unaufhörlich. Jeden Tag gab es die übliche Zahl von Toten. Wir waren zu stumpfsinnigen Wühlmäusen geworden, die nichts weiter dachten als dies: ob das armselige Futter wohl an diesem Tag ankommt (es war die Zeit der Steckrüben!) und ob man wohl den Abend noch erleben würde?

Aber nun ging's auf Weihnachten zu. Da tauchte in der Erinnerung immer wieder die fast vergessene Heimat auf. Das gab es also irgendwo noch: warme Stuben und weiche Betten, strahlende Weihnachtszimmer und Gesang, richtiges menschliches Leben und Vater und Mutter und ...

„Huuuiii! Huuuiii!" Da kam ein Feuerüberfall. Man drückte sich in die lehmige Grabenwand. Die zauberhaften Bilder waren vergessen ...

Und dann hieß es eines Tages: „Unteroffizier Busch soll in die Schreibstube kommen!" Als es Abend war, trottete ich lustlos durch die feuchte Nacht nach hinten – leise schimpfend über die „Schreibstubenhengste", die uns bei solch einem Dreck wegen irgendeiner Lapalie durch die Nacht hetzten.

Spät in der Nacht war ich am Ziel und lief dem Wachtmeister in die Arme: „Warum kommen Sie so spät?", schnauzte er mich an. „Morgen in der Frühe melden Sie sich beim Regiment!"

Ich trottete gleich weiter durch den endlosen Regen. Was mochten die im Regimentsstab von mir wollen? Hatte ich irgendetwas „versiebt"?

Ein einsamer Posten wies mir ein Lager in einer dunklen Baracke zu. Ich schlief ein, obwohl ich nur ein paar Bretter unter mir hatte. Mir war, als hätte ich kaum die Augen zugemacht, da rüttelte mich einer wach: „Los! Zum Kommandeur!"

Ich fand keine Zeit mehr, mich ein wenig herzurichten. Ich konnte nur – so nannten wir das – die Stirn runzeln, damit der Dreck aus dem Gesicht fiel.

Dann stand ich vor dem Gewaltigen, der sauber, gepflegt, lächelnd auf die schmutzige Wühlmaus schaute. „Jetzt fehlt nur noch, dass er mich wegen meiner unvorschriftsmäßigen Erscheinung anbrüllt", dachte ich bei mir. Mit unwahrscheinlich guter Laune legte er los: „Busch, Sie kommen nach Hause zum Offizierskurs. Beginn am 3. Januar! Sie fahren sofort los! Verstanden?!"

Natürlich hatte ich verstanden. Ich wollte vor Freude schreien, brüllen. Aber – heute war doch – ja, der wie vielte? Höchstens der 20. Warum sollte ich gleich losfahren? Ich brauchte doch nicht 13 Tage für die Reise ...

Da fuhr dieser Gewaltige – o, er kam mir vor wie ein Engel Gottes! – fort: „Fahren Sie gleich los. Und die Tage bis zum 3. Januar machen Sie Weihnachtsurlaub! Abtreten!"

Ich dachte, der Himmel fällt über mich: Weihnachten zu Hause!?! Nicht in dem dreckigen Lehm! Weihnachtsbaum ... Vater! ... Mutter! ... Geschwister! ... Bett! ... O du fröhliche ...

Und dann saß ich im Zug. Die Wagen klapperten. Irgendwo endloser Aufenthalt. Es war stockdunkel. Wir saßen nicht, wir standen nicht. Wir waren aufeinander gepresst wie Sardinen in einer Büchse. Die Leute schimpften, aber ich konnte nur lachen und singen: „O du fröhliche" ...

Ich erinnere mich, dass es eine fürchterliche Reise war. Zwei Tage war ich unterwegs. Der Magen brüllte vor Hunger. Die Ohren taten mir weh von dem Geschimpfe in den dunklen Zügen. Aber das Herz sang und jubelte, tanzte und schrie vor Freude: „Es geht nach Hause!"

Meine Mutter trat ahnungslos aus der Haustür, als ich – unwahrscheinlich verdreckt und unrasiert – ankam. Sie wurde bleich. Sie musste sich an die Wand lehnen. Dann fielen wir uns in die Arme. „O du fröhliche, o du selige, gnadenbringende Weihnachtszeit ..."

Kurz darauf umgab mich das Freudengeschrei meiner zahlreichen Geschwister.

Ist unser Christenleben nicht manchmal auch so eine mühselige Fahrt nach Hause? Nehmen wir es nicht so schwer! Es geht nach Hause – zu dem ewigen Vaterhaus, wo ich

„in ewger Weihnachtswonne
schauen darf der Sonnen Sonne
mit verkläretem Gesicht:
Jesu Christ, dein reines Licht."

Spritzgebackenes und Schokoladenbonbons

Zu meinen frühen Kindheitserlebnissen gehört auch die Weihnachtsbäckerei. O, wie freute ich mich, wenn es endlich wieder so weit war. Dann dauerte es nämlich nicht mehr lange bis Weihnachten. Ich durfte Großmutter und ihren Mägden in der Küche helfen. Welch munteres Treiben war da im Gange. Die Küche wurde zur Backstube verwandelt. In Bessarabien, meinem Heimatland, wurde sehr viel Weihnachtsgebäck hergestellt. Die Bauernfamilien hatten meist viele Kinder. Meine Großmutter hatte zwölf Kindern das Leben geschenkt, sechs Jungen und sechs Mädchen. Außerdem sollten auch die Knechte und Mägde des Hofes mit Leckereien bedacht werden.

Soll ich die bessarabischen Spezialitäten aufzählen? Da waren die leckeren Honiglebkuchen, das Spritzgebäck, bei dem der Teig durch den Fleischwolf gedreht wurde und die Spitzbuben – sie schmeckten besonders gut, denn dem Teig wurden viele geriebene Mandeln untergeknetet, und vor allen Dingen die gekochten Schokoladenbonbons. Für Backwaren, die die Bäuerin selbst herstellen konnte, gab die Kolonistenfrau kein Geld aus. Und so wurden die Schokoladenbonbons auch selbst zubereitet.

Wir Kinder freuten uns über dieses Naschwerk und halfen gerne beim Rühren der Karamellbonbons. Manchmal mussten die Bonbons zwei Stunden gerührt werden, damit sie nicht anbrannten. Waren die Leckereien gelungen, dann wurden wir belohnt. Die Krümel, die sich in reichem Maße beim Schneiden der gehärteten Zuckermasse ergaben, gehörten uns Kindern. Am Abend saß dann die Familie im Schein der Petroleumlampe beieinander. Wir schnitten Fransen in buntes Seidenpapier und wickelten die Bonbons darin ein. Anschließend trug Großmutter die leckeren Süßigkeiten in die ungeheizte Stube und verwahrte sie auf dem Schrank auf. Dort roch es schon weihnachtlich nach Vanille, Lebkuchen und Äpfeln.

Damit diese wunderbaren Köstlichkeiten ausprobiert werden können, lasse ich die Rezepte folgen. Es lohnt sich, die Bonbons selbst herzustellen. Mit meinen Enkelkindern habe ich es schon ausprobiert. Sie sind ein wahres Gedicht. Allerdings gebe ich den guten Rat, man sollte sich hernach nicht auf die Waage stellen.

Gekochte Bonbons

5 Tassen süße Sahne, 5 Tassen Zucker, 1 Vanillezucker, 5 Teelöffel Kakao, 1 Glas grob gehackte Nüsse (nach Geschmack)

Die Milch mit dem Zucker und Vanillezucker auf schwacher Flamme etwa 2 Stunden kochen. Wenn die Masse sich bräunlich färbt, auf einem Schälchen eine Probe entnehmen, rühren und feststellen, ob sich die Probemasse bindet, dann nicht weiterkochen. Den Kakao mit etwas kalter Milch glatt rühren, vorsichtig der Masse beimengen, noch einmal aufkochen und vom Feuer nehmen. Die Nüsse dazugeben, weiterrühren und dabei abkühlen lassen. Die Masse muss dickflüssig bleiben, und zwar so, dass sie ca. 1 cm dick auf ein angefeuchtetes Brett gegossen werden kann. Nach dem Erstarren sofort in etwa 5 cm lange und ca. 1,5 cm breite Bonbons schneiden.

Honiglebkuchen

1 Teelöffel Zimt (gemahlen), 1 Teelöffel Sternanis, 1 Esslöffel Kakao, 3 Esslöffel Rum, 12 g Hirschhornsalz, 60 g Zucker, 125 g Haselnüsse (gemahlen), 500 g Honig, 500 g Mehl, 2 Eier, eine halbe Tasse heiße Milch, Saft und Schale von einer Zitrone.

Den Honig mit dem Zucker und den Eiern verrühren. Das Hirschhornsalz in der halben Tasse heißer Milch auflösen. Nach und nach alle Zutaten zusammenrühren. Den Teig auf ein gefettetes oder mit Backpapier ausgelegtes Blech streichen.
Bei 190 bis 200 Grad backen.
Nach einigen Tagen kann dann die Eiweißglasur darauf gestrichen werden. Einige Kuchen kann man auch durchschneiden und mit Marmelade füllen.
Erst kurz vor Weihnachten werden dann die Honiglebkuchen in quadratische Plätzchen geschnitten und in ein kühles Zimmer gestellt.

Spritzgebackenes

500 g Mehl, 250 g Butter, 6 Eigelb, 2 Päckchen Vanillezucker, 1 Teelöffel Backpulver.

Von diesen Zutaten einen Teig kneten. Eine halbe Stunde kalt stellen und dann durch den Fleischwolf mit Spritzvorrichtung drehen. Auf ein gefettetes Blech legen und backen.

Spitzbuben

120 g Butter, 120 g Zucker, 200 g Mehl, 65 g gemahlene Mandeln, 1 Vanillezucker und etwas Backpulver.

Alle Zutaten zu einem Teig kneten und ihn eine Weile kalt stellen. Dann dünn auswellen und mit einem Glas Plätzchen ausstechen. Bei 175 Grad backen. Mit Marmelade zusammensetzen und mit Puderzucker bestäuben.

Weihnachten bei uns zu Hause

Von meiner Enkeltochter Mareike Meiß, 13 Jahre

Heute ist der 24. Dezember. Wir feiern das Weihnachtsfest, die Geburt Christi. Am meisten freue ich mich auf die Bescherung und bin schon ganz gespannt, welche Geschenke unter dem Christbaum liegen werden. In unserem Haus duftet es herrlich nach Plätzchen, die Christine, meine ältere Schwester, gebacken hat. Mein Vater hat tüchtig Holz in den Kamin geworfen, denn draußen ist es kalt geworden. Der erste Schnee ist schon gefallen, und noch immer rieseln die Flocken vom Himmel. Am schönsten sehen die Vorgärten aus, wenn an den Tannen die Lichterketten leuchten. In dieser Zeit mit der ganzen Familie einen Abendspaziergang zu machen, ist einfach wunderbar. Unsere Nachbarn haben das ganze Haus und den Balkon sogar mit bunten Kerzen geschmückt. Das sieht recht lustig aus.

Die Vorfreude auf den Weihnachtsabend ist riesig. Ich darf mit meinen Geschwistern, Christine, Daniel und Lukas, mithelfen, an unseren Tannenbaum die roten Kugeln und die goldenen Lamettafäden zu hängen. Früher haben wir das Weihnachtszimmer nie betreten dürfen, da haben die Eltern alles selbst geschmückt. Aber jetzt sind wir schon groß. Der gelbe Weihnachtsstern wird auf die Baumkrone gesetzt. Das sieht Klasse aus.

„Lukas, du musst die Kugeln nicht alle so dicht nur an einen Zweig hängen", tadelt Christine meinen kleinen Bruder. „Du hast gut reden, ich reiche doch nicht bis an die oberen Äste heran," wehrt er sich.

„Ja, du hast Recht, Lukas. Am besten ist es, wenn du mir den Schmuck anreichst. Dann sind wir auch schneller damit fertig."

„Nimm hier die bunten Engelchen, die sehen so niedlich aus. Sie passen gut zum Stern."

Daniel ist in die Küche gegangen und holt Wasser für den Baum. Das ist ganz wichtig, damit die Tannennadeln nicht so schnell welk werden und dann abfallen. Es ist nämlich schön, wenn an meinem Geburtstag, am 14. Januar, die Kerzen noch einmal angezündet werden können.

Das Schmücken macht uns allen viel Spaß. „Papa, willst du dieses Jahr echte Kerzen draufstecken oder wieder elektrische wie im letzten Jahr?", fragt Christine.

„Das ist noch ein Geheimnis, mein Schatz. Schließlich muss es doch noch Überraschungen geben."

Daniel ist ganz begeistert. „Mutti, in diesem Jahr haben wir einen besonders schönen Baum. Wo habt ihr ihn ausgesucht?"

„Du, Daniel, der Baum ist nicht gekauft. Er stammt von Spörcks. Wir haben diese wunderschöne Tanne von unseren Freunden geschenkt bekommen. Ob sie ihn wohl in ihrem Garten abgesägt haben? Fast sieht es so aus."

Peng. Peng. Peng. Eine Kugel landet auf dem Parkett. Sie ist Lukas aus der Hand gerutscht und in tausend Stücke zersprungen. Er ist ganz erschrocken, und die Tränen laufen ihm über die Wangen.

„Komm, mein Kleiner, das ist doch nicht so schlimm. Das kann bei der Arbeit schon mal passieren. Ich wische dir die Tränen aus dem Gesicht, und dann ist alles wieder gut", tröstet meine Mutter.

„Mutti, ich habe es wirklich nicht gewollt."

„Jetzt ist alles wieder in Ordnung. Du musst nicht mehr schluchzen", nimmt ihn Mutti in ihre Arme.

Mit einem Handstaubsauger beseitige ich die Scherben, und schon ist der Schaden behoben. Nach ungefähr einer Stunde steht in unserem Wohnzimmer der schönste Christbaum, den

wir je hatten. Wie wunderbar wird er erst heute Abend aussehen, wenn alle Lichter brennen.

Aber jetzt befördert uns meine Mutter aus dem Zimmer. Sie
will die Geschenke einpacken und den Kaufladen aufbauen. Wie
in jedem Jahr stellt sie noch die Pyramide mit den Engeln auf.
Weihnachten ist ja das schönste Fest. Wir sollen uns darauf freu-
en, und alles wird im Glanz erstrahlen. Über die Geschenke, die
auf dem Fußboden liegen, wird ein weißes Leinentuch gedeckt,
und die Glastüre wird mit einer Decke verhängt. Sogar das
Schlüsselloch wird mit Watte zugesteckt. Wir hätten sonst sicher mal durchgeschaut. Ich jedenfalls, denn ich bin sehr neu-
gierig.

Es ist jetzt 12 Uhr 30 auf unserer Funkuhr, und es dauert
noch so lange bis zur Bescherung.

Lukas und Daniel sind noch mal zum Schlittschuhlaufen gegangen, und Christine hört sich eine Musikkassette an. Ich muss
leider noch meine Blumen gießen, das Zimmer aufräumen und
den Stall meiner Meerschweinchen säubern. Dass die Tierchen
heute eine Extraration Futter bekommen, ist doch klar. Aber
während ich Lisa und Henriette übers Fell streichle, muss ich
ständig an die Geschenke denken. Werde ich die neuen Inliner
erhalten, über die ich mich besonders freuen würde, oder doch
lieber das Kickbord? Ich bin soooo gespannt! Das Geschenk
von meinen Großeltern kenne ich schon, denn ich musste den
Fishbone – Pullover und die blaue Jeansschlaghose ja zuvor an-
probieren.

Jetzt ist es 14 Uhr 49. Ein Glück, dass meine Brüder wieder
von draußen herein gekommen sind. Wir spielen zusammen
Monopoly, dann geht die Zeit schneller vorüber.

Endlich, endlich ist es so weit. Wir haben unsere besten Kla-
motten angezogen. Mit unserem Kleinbus fahren wir in die Kirche. Ich treffe dort auch meine Freundin Verena und ihre El-

tern. Wir sitzen dicht nebeneinander auf einer Kirchenbank, denn unsere Familien sind befreundet. Die ganze Kirche ist festlich geschmückt. Im Altarraum steht ein riesengroßer Tannenbaum. Davor ist eine Krippe aufgebaut mit wunderschönen Figuren aus Holz. Die Konfirmandengruppe führt ein Krippenspiel auf. Ich höre genau zu, aber es macht mich doch traurig, dass solch ein wunderschönes Gotteskind in einem Stall geboren werden musste. Wenn ich die Wirtin gewesen wäre, an deren Haus Joseph angeklopft hatte, hätte ich Maria sogar das beste Bett gegeben, und Jesus hätte nicht in einer Krippe zur Welt kommen müssen. Ich hätte sogar dem Jesuskind einen großen Packen Pampers und eine warme Wolldecke und ein Badetuch gebracht. Ich hätte vom Dachboden unseren alten Stubenwagen geholt, und Mutti hätte ihn bestimmt mit einem blauen Seidenstoff ausgeschlagen. Sogar einen Strampler und ein Babyjäckchen hätte ich ihm bei C&A besorgt. Warum musste Jesus gerade in Bethlehem so weit weg geboren werden? Hier bei uns wäre es ihm nicht so schlecht ergangen. Aber dann hätten ihm vielleicht auch nicht so viele Engel zugejubelt, und die Hirten und die weisen Männer aus dem Morgenland wären auch nicht zum Gottessohn geeilt. Auch Gold und Weihrauch hätte ich dem Jesuskind nicht schenken können. Und ob dann die himmlischen Heerscharen gesungen hätten: „Ehre sei Gott in der Höhe und Friede auf Erden und den Menschen ein Wohlgefallen?" Ich weiß es nicht.

Plötzlich schrecke ich auf. Machtvoll hat die Orgel eingesetzt und mich aus meinen Gedanken gerissen. Von der Kurzpredigt habe ich gar nichts begriffen, weil ich so in meine eigenen Ideen versunken war. Aber nun stimmen alle Besucher in das alte Weihnachtslied ein und beschließen so den Gottesdienst:

„O du fröhliche, o, du selige,
gnadenbringende Weihnachtszeit.
Welt ging verloren, Christ ist geboren:
Freue dich, o Christenheit.

Noch auf der Fahrt nach Hause muss ich denken: Was haben die Menschen bloß mit Jesus gemacht? Sie waren so böse. Ich aber will ihn lieben und mich über das Kindlein in der Krippe freuen. Wenn auch Bethlehem sicher der falsche Ort war, so will ich doch Gott danken, dass er uns seinen Sohn geschenkt hat. Darüber bin ich glücklich.

Als wir zu Hause angekommen sind, verschwindet mein Vater im Weihnachtszimmer. Er zündet die Kerzen an und legt die Geschenke von uns Kindern zu dem großen Berg von Gaben, die schon auf dem Parkett liegen dazu. Wir sind ja eine kinderreiche Familie. Endlich ertönt das Glöckchen: Ding. Dong. Ding. Dong. Ding. Dong.

Zuerst singen wir das Lied „Ihr Kinderlein kommet". Am besten gefällt mir die 4. Strophe:

O beugt wie die Hirten anbetend die Knie,
erhebet die Händlein und danket wie sie,
stimmt freudig, ihr Kinder,
wer wollt sich nicht freun?
stimmt freudig zum Jubel der Engel mit ein.

Dann greift Papa zur Kinderbibel und liest uns die Weihnachtsgeschichte aus Lukas 2 vor. Ich muss immer wieder an das Jesuskind denken. Es hatte keine warme Stube, keine Wiege, keine Zudecke. Dann beten die Eltern und danken Gott, dass wir Weihnachten feiern dürfen. Das himmlische Kind ist unsere Rettung. Anschließend singen wir altbekannte Weihnachtslieder und ich spiele Klavier dazu. Zum Glück finde ich die richtigen Töne. Dafür habe ich auch schon Wochen vorher tüchtig geübt. Dann wird das Leintuch von den Geschenken abgenommen und zusammengefaltet. Die Bescherung kann beginnen. Was alles auf meinem Gabentisch liegt, soll mein Geheimnis bleiben. Ich bin sehr glücklich und freue mich auch besonders darüber, dass meine Geschenke für Papa und Mama und meine Geschwister die richtigen sind.

Es wird spät an diesem Heiligen Abend, bis wir Kinder zu Bett gehen. Am liebsten möchte ich die ganze Nacht aufbleiben und vor allen Dingen die beiden Bücher lesen, die Mama ausgesucht hat. Lange kann ich nicht einschlafen. Ich denke an das Jesuskind und frage: Warum sind denn die Menschen so böse und haben Jesus nicht freundlich aufgenommen? Er wollte uns doch nur seine Liebe schenken. Aber zum Glück waren da noch die Tiere im Stall von Bethlehem. Sie haben dem himmlischen Kind viel Gutes getan. Und da fällt mir wieder das kleine Gedicht ein, das Julia, ein kleines Mädchen vom Kindergottesdienst, in der Kirche aufgesagt hat. Ich kenne es gut, denn ich habe es mit Julia eingeübt:

Und der große Ochse
hat die ganze Nacht
mit dem warmen Atem
bei dem Kind gewacht.

Für mich ging ein wunderschöner Heiligabend zu Ende.

Der Knabe bei Christus

Fjodor M. Dostojewski

Ich träumte von einem Knaben, einem noch sehr kleinen Knaben, sechs Jahre alt oder noch jünger. Dieser Knabe erwachte an einem Morgen im feuchten und kalten Keller. Er war mit einem Kittel bekleidet und zitterte. Sein Atem entfloh als weißer Dampf, und er saß auf einer Kiste in der Ecke und blies vor Langeweile den Dampf absichtlich aus dem Mund und unterhielt sich damit, dass er zuschaute, wie er entfloh. Aber er hätte gerne etwas gegessen. Er war schon einige Male im Laufe des Morgens zu der Pritsche gegangen, wo, auf einer pfannkuchendünnen Unterlage und mit einem Bündel statt eines Kissens unter dem Kopf, seine kranke Mutter lag. Wie war sie hierher geraten? Wahrscheinlich war sie mit ihrem kleinen Knaben aus einer fremden Stadt gekommen und plötzlich erkrankt. Die Vermieterin der Schlafstelle war schon vor zwei Tagen von der Polizei geholt worden, die Mieter hatten sich zerstreut, da gerade Feiertag war, und der einzige Zurückgebliebene, ein Trödler, lag völlig betrunken in einer Ecke, ohne noch die Feiertage abgewartet zu haben. In der andern Ecke des Zimmers stöhnte, gequält vom Rheumatismus, eine achtzigjährige Greisin, die einmal irgendwo Kinderfrau gewesen war und nun einsam sterben musste; sie ächzte und brummte und schalt den Knaben, so dass er sich fürchtete, sich ihrer Ecke zu nähern. Zu trinken hatte er im Flur etwas bekommen, aber ein Endchen Brot war nirgends zu finden, und wohl schon zum zehnten Male versuchte er, seine Mutter zu wecken. Ihm wurde schließlich ganz bang im Dunkeln, denn es war schon lange Abend, aber noch immer wurde kein Licht angezündet. Er befühlte das Gesicht der Mutter und wunderte sich, dass sie sich gar nicht rührte und so kalt war wie die Wand. „Es ist sehr kalt hier", dachte er, stand eine Weile da, unbewusst seine Hand auf der Schulter der Entschlafenen zu lassen, hauchte dann auf seine Finger, um sie zu erwärmen, und ging plötzlich, nachdem er seine Mütze von der Pritsche genommen hatte, leise tastend aus dem Keller hinaus. Er wäre schon früher gegangen, aber er fürchtete sich vor dem großen Hund, der oben auf der Treppe den ganzen Tag vor den Türen der Nachbarn heulte. Jetzt jedoch war der Hund nicht mehr da, und der Knabe ging gleich auf die Straße hinaus.

Herr, war das eine Stadt! Nie zuvor hatte er etwas Ähnliches gesehen. Dort, woher er gekommen war, war es nachts so finster; eine einzige Laterne beleuchtete die ganze Straße. Die Fenster der niedrigen Holzhäuschen wurden mit Fensterläden verschlossen; auf den Straßen war, kaum dass es dämmerte, kein Mensch mehr zu sehen, alle schlossen sich in ihren Häusern ein, nur ganze Rudel von Hunden, Hunderte, Tausende von Hunden heulten und bellten die ganze Nacht hindurch. Aber dafür war es dort warm, und er hatte zu essen gehabt, aber hier ... Gott, wenn es doch etwas zu essen gäbe! Und was für ein Dröhnen und Lärmen war hier, wie viel Licht und Menschen, Pferde und Wagen, und die Kälte, die Kälte! Eisig strömte den gejagten Pferden der Dampf aus den heiß atmenden Mäulern; durch den lockeren Schnee schlugen die Hufeisen auf die Pflastersteine, und alle stoßen ihn, und, o Gott, er möchte so gern essen, nur ein kleines Stück, und so weh tun ihm auf einmal die Fingerchen! Ein Hüter der Ordnung ging vorbei und wandte sich ab, um den Knaben nicht zu sehen.

Wieder eine Straße – ach, wie breit! Hier wird man sicher überfahren; wie sie alle schreien, laufen, und fahren, und das Licht, das Licht! Und was ist das? Oh, ein großes Fenster, und hinter dem Glas ist ein Zimmer und im Zimmer ein Baum, bis zur Decke. Das ist ein Christbaum, und auf dem Christbaum so viele Lichter, so viele goldene Papierchen und Äpfelchen, und um den Baum Puppen und kleine Pferde; und im Zimmer laufen Kinder umher, schön gekleidet, sauber und lachen und spielen, essen und trinken. Da tanzt ein kleines Mädchen mit einem Knaben. So ein hübsches Mädchen! Jetzt hört er die Musik durch das Fenster. Der Knabe schaut, wundert sich, lacht jetzt, aber es tun ihm die Zehen weh, und die Finger an den Händen sind ganz rot geworden, lassen sich nicht mehr biegen, und es tut weh, wenn er sie bewegt. Und plötzlich merkte der Knabe, wie sehr ihm die Finger schmerzten, er weinte und lief weiter. Und da sieht er durch ein anderes Fenster ein Zimmer, in dem auch solche Bäume stehen, aber auf den Tischen stehen allerlei Kuchen – rote, gelbe Mandelkuchen, und es sitzen vier reich gekleidete Damen da, und wenn jemand hereinkommt, bekommt er Kuchen, und die Tür geht jeden Augenblick auf, und es kommen viele Herrschaften von der Straße herein. Der Knabe schlich heran, öffnete plötzlich die Tür und trat ein. Ach, wie sie ihn anschrien, mit den Armen fuchtelten! Eine Dame trat hastig auf ihn zu, steckte ihm eine Kopeke in die Hand und öffnete ihm selber die Tür. Wie er da erschrak! Die Kopeke entfiel ihm und klirrte über die Stufen hinab; er konnte seine roten Fingerchen nicht mehr biegen und sie festhalten. Der Knabe lief hinaus, ging schneller und immer schneller und wusste selbst nicht wohin. Er hätte gerne wieder geweint, aber er fürchtete sich; er lief und hauchte in seine Händchen. Und es war ihm so weh ums Herz, denn er fühlte sich auf einmal so verlassen, aber plötzlich, o Gott! Was ist denn das schon wieder? Eine ganze Schar von Menschen steht da und staunt in ein Fenster, hinter der Glasscheibe stehen drei kleine Puppen, in schönen roten und grünen Kleidern und sehen ganz wie lebendig aus! Ein alter Mann sitzt dabei und scheint auf einer großen Geige zu spielen; zwei andere stehen neben ihm und spielen auf kleinen Geigen und wackeln mit den Köpfen im Takt und blicken einander an und bewegen die Lippen. Sie sprechen, sie sprechen wirklich, nur kann man sie durch die Fensterscheibe nicht hören. Anfangs meinte der Knabe, sie seien lebendig, als er aber erriet, dass es Puppen waren, fing er plötzlich an zu lachen. Nie hatte er solche Püppchen gesehen und auch nicht gewusst, dass es solche gibt. Er möchte weinen, aber die Püppchen sind so spaßig!

Plötzlich fühlt er, dass ihn jemand von hinten am Röckchen packte; ein großer, böser Knabe stand neben ihm, haute ihn auf den Kopf, riss ihm die Mütze herunter und stellte ihm ein Bein. Der Knabe fiel zu Boden, er hörte Schreien, erstarrte vor Schrecken, sprang auf und lief davon, ohne selber zu wissen wie, bis vor ein geschlossenes Tor, kroch unten durch in einen fremden Hof und versteckte sich hinter dem aufgestapelten Holz. „Hier finden sie mich nicht; es ist auch dunkel." Er kauerte sich zusammen und konnte vor Schreck lange nicht zu Atem kommen.

Und plötzlich wird ihm so wohl; Hände und Füße schmerzen nicht mehr, und ihm wurde so warm, so warm wie auf einem Ofen. Da fuhr er zusammen: „Ach, bald wäre ich eingeschlafen! Wie schön wäre es, hier einzuschlafen! Ich bleibe eine Weile sitzen, dann gehe ich wieder die Püppchen ansehen", dachte der Knabe und lächelte in Gedanken an sie. Ganz wie lebendig. Und plötzlich hörte er seine Mutter über seinem Haupt ein Lied singen. „Mutter, ich schlafe, ach, wie schön ist es hier zu schlafen!"

„Komm mit mir, mein Knabe, zum Christbaum", flüsterte plötzlich eine leise Stimme über ihm.

Anfangs glaubte er, es wäre wieder seine Mutter, aber nein, sie ist es nicht! Wer ihn gerufen hat, sieht er nicht, aber jemand bückt sich über ihn und umarmt ihn im Dunkeln. Und er streckt die Hand entgegen und ... plötzlich – oh, soviel Licht! Oh, was für ein Christbaum! Das ist kein Tannenbaum, solche Bäume hat er noch nie gesehen! Wo befindet er sich nun? Alles glänzt, alles leuchtet – und ringsherum lauter Püppchen! Aber nein, es sind lauter kleine Knaben und Mädchen, alle leuchtend; sie drehen sich um ihn, schweben umher, küssen ihn, umfassen ihn, tragen ihn mit sich, jetzt schwebt er selbst und sieht – seine Mutter schaut ihn an und lächelt freudig. „Mutter! Mutter! Ach, wie schön ist es hier, Mutter!“, rief der Knabe und küsste wieder die Kinder und möchte ihnen schnell von den Püppchen im Fenster erzählen. „Wer seid ihr, Knaben? Wer seid ihr, Mädchen?“, fragte er sie lachend und von Liebe zu ihnen erfüllt.

„Das ist der Weihnachtsabend bei Christus,“ antworteten sie ihm. „An diesem Tag hat der Heiland immer einen Christbaum für kleine Kinder, die dort keinen eigenen Baum haben.“

Und er vernahm, dass diese Knaben und Mädchen genau solche Kinder waren wie er, doch einige von ihnen waren schon in ihren Körben erfroren, als man sie vor den Türen der Petersburger Beamten auf der Treppe liegen ließ, während andere bei den finnischen Weibern erstickten, denen das Findelhaus sie zur Pflege gegeben hatte, und wieder andere an den ausgezehrten Brüsten ihrer Mütter (während der Hungersnot in Samara) starben oder im Gestank der Eisenbahnwagen dritter Klasse umkamen. Sie alle sind jetzt da, sie alle sind jetzt Engel, alle bei Christus, und er selbst ist mitten unter ihnen, streckte seine Arme nach ihnen aus und segnete sie und ihre sündigen Mütter.

Und die Mütter dieser Kinder stehen auch alle da, etwas abseits, und weinen. Jede erkennt ihren Knaben oder ihr Mädchen, und die Kinder schweben auf sie zu und küssen sie, wischen ihnen die Tränen mit ihren Händen ab und bitten sie, nicht zu weinen, weil es ihnen gut ginge ...

Am nächsten Morgen fanden die Hausknechte hinter dem

Holz die kleine Leiche eines hergelaufenen, erfrorenen Knaben: man machte auch seine Mutter ausfindig ... Die war noch vor ihm gestorben; beide sahen sich beim Herrgott im Himmel wieder.

Für jeden Tag ein Wort

Zu den meist gelesenen Andachtsbüchern gehört das Buch von Spurgeon „Kleinode göttlicher Verheißungen". Er wird als einer der berühmtesten Verkündiger oft der Fürst unter den Predigern genannt. Für Weihnachten hat er ein Wort aus dem Propheten Jesaja ausgesucht. Es ist eine tröstende Zusage:

„Jauchzt, ihr Himmel, freue dich, Erde; lobt, ihr Berge, mit Jauchzen! Denn der Herr hat sein Volk getröstet und erbarmt sich seiner Elenden" Jesaja 49, 13.

So stark sind die Tröstungen des Herrn, dass nicht nur die Heiligen selber davon singen, sondern sogar der Himmel und die Erde in den Gesang einstimmen sollen. Es gehört etwas dazu, einen Berg singen zu machen; und doch ruft der Prophet einen ganzen Chor von ihnen auf. Libanon und Sirion und die hohen Berge von Basan und Moab möchte der Prophet von der Gnade des Herrn gegen sein Volk singen lassen. Könnten wir nicht auch Berge der Schwierigkeiten, des Leides, der Dunkelheit und der Arbeit zu Gelegenheiten machen, unseren Gott zu loben? „Lobt, ihr Berge, mit Jauchzen!"

Mit diesem Wort der Verheißung, das unser Gott sich seiner Elenden erbarmen will, ist ein ganzes Glockenspiel verbunden. Hört die Klänge: „Jauchzt!" „Freue dich!" „Lobt mit Jauchzen!" Der Herr will, dass sein Volk sich über seine nie ermüdende Liebe freuen soll. Er will uns nicht traurig und verzagt sehen; er verlangt von uns die Verehrung gläubiger Herzen. Er kann uns nicht im Stich lassen; warum sollten wir seufzen und stöhnen, als wenn er es tun würde? Ach, dass wir eine wohl gestimmte Harfe hätten wie die Cherubim vor dem Thron!

O du fröhliche, o du selige

O du fröhliche, o du selige,
gnadenbringende Weihnachtszeit!
Welt ging verloren, Christ ist geboren:
freue dich, freue dich, o Christenheit!
O du fröhliche, o du selige,
gnadenbringende Weihnachtszeit!
Christ ist erschienen, uns zu versühnen:
Freue, freue dich, o Christenheit!
O du fröhliche, o du selige,
gnadenbringende Weihnachtszeit!
Himmlische Heere jauchzen dir Ehre
Freue, freue dich, o Christenheit!

Dies ist wohl das meist gesungene Lied unter dem Weihnachtsbaum. Es bleibt sehr leicht im Gedächtnis haften, und auch die Melodie bleibt uns im Sinn. In den Herzen der Großen und Kleinen hat sich dieses Weihnachtslied einen Platz erobert. Ich habe es nur selten erlebt, dass am Ende einer Feier dieses Weihnachtslied nicht stehend gesungen wurde. Gedichtet wurde es von Johannes Daniel Falk. Er lebte von 1768 – 1826 und wurde der Vater des Waisenhauses Lutherhof in Weimar genannt.

Sein Vater war Perückenmacher gewesen, und er hatte es nicht zu einer höheren Stellung in seinem Leben bringen können. So lebte die Familie in ärmlichen Verhältnissen. Geboren wurde Johannes Daniel Falk in Danzig. Er war ein wissbegieriger junger Mensch und sparte jeden Groschen, um sich davon Bücher zu kaufen. Weil er sehr klug und strebsam war, durfte er auf Kosten der Stadt studieren. Später erhielt er eine Anstellung als Legationsrat in Weimar.

Nach der Völkerschlacht in Leipzig wurde das Land von einer schrecklichen Seuche heimgesucht. Davon wurde auch Johannes Daniel Falk betroffen. Alle seine vier Kinder starben. Darüber geriet er in eine entsetzliche Krise. In seiner Not suchte er bei Gott Zuflucht und fand den Trost des himmlischen Vaters. Schon seine Mutter, die sich zur Brüdergemeinde hielt, hatte ihm diesen Glauben an Gott vorgelebt. Jetzt ging die gute Saat auf, die die Mutter durch das Erzählen biblischer Geschichten in sein Herz gesät hatte. Er wandte sich an Jesus und wurde ein treuer Zeuge seines Herrn in dieser glaubensarmen Zeit.

Der Verlust seiner vier lieben Kinder weckte in ihm die Liebe zu Waisenkindern. Es gab durch den Krieg sehr viele vernachlässigte, elternlose Kinder. Sie hatten oft kein Dach über dem Kopf und litten Hunger. So gründete er sein Waisenheim. Dazu sagte Johannes Daniel Falk kurz und treffend: „Unsere Anstalt handhabt drei Schlüssel:

1. *Den Schlüssel zum Brotschrank*
2. *Den Schlüssel zum Kleiderschrank*
3. *Den Himmelsschlüssel.*

Und sobald der letzte nicht mehr schließt, so stockt es auch mit den beiden ersten." Für seine Zöglinge gab er ein Liederbuch mit dem Titel „Der Freund in der Not" heraus. Darin veröffentlichte er auch sein Weihnachtslied „O du fröhliche".

Die Melodie für dieses Lied soll ihre Wurzel in einem sizilianischen Fischerlied haben, das dann aber zu einem Kirchenlied „O Sanctissima!" vertont wurde. Dieses Lied „O du fröhliche" wurde sehr gerne von seinen Heimkindern gesungen und eroberte auch die Herzen des Volkes. Heute wird dieses Lied nicht nur in Deutschland, sondern in aller Welt gesungen.

Weihnachten mit meinem Vater

Schrecklich war das Kriegsgeschehen. Es wurde nicht nur an den Fronten gekämpft, sondern auch im Inneren des Landes. Die Zivilbevölkerung hatte entsetzlich unter dem Bombardement der alliierten Streitkräfte zu leiden. Ganze Städte wurden in Schutt und Asche gelegt. Kinder und alte Menschen, Frauen und Männer mussten Nacht für Nacht die Luftschutzkeller aufsuchen, sobald wieder feindliche Geschwader gemeldet wurden, die ihre mörderischen Bomben abwarfen. Grausam war ihr Werk der Zerstörung. Wer erinnert sich nicht zum Beispiel an Dresden? In der Nacht vom 13. Februar 1945 wurden ungeheure Mengen von Phosphorbomben abgeworfen. Die ganze Stadt brannte lichterloh. Man kann sich das Inferno heute kaum noch vorstellen. Dieser Angriff forderte mehr als vierzigtausend Tote, und es war unmöglich, sie zu bestatten. Die Leichen wurden verbrannt und dann in Massengräbern beigesetzt. Mehr als sechs Eimer Eheringe sammelte man ein, und wer dieses Flammenmeer erlebt hat, wird das Schaudern nicht mehr los.

Die Geschichte, die ich hier erzählen will, hat sich nach einem Bombenangriff ereignet. Die Retter fanden in einem großen Haus noch einen kleinen Jungen unter den Trümmern. Fast unverletzt konnte er geborgen werden. Das kleine Mädchen aber, das auch aus dem Kellergewölbe heraufgeholt wurde, schien tot zu sein. Jedoch gelangen den Rettern die Wiederbelebungsversuche. Die Kleine wurde in die Klinik gebracht und überlebte. Aber alle anderen Bewohner des Hauses waren tot. Helfer vom Roten Kreuz nahmen sich des Jungen an. Er wurde in einen großen Raum gebracht, man gab ihm etwas zu essen und zu trinken, und seine Lebensgeister wurden wieder wach. Die Nacht verbrachte er bei seinen Rettern, die ihn in warme Decken hüllten. Aber am nächsten Morgen stieg er aus dem Keller wieder heraus und wusste später selbst nicht mehr, wo er die nächsten Tage und Nächte bis zum Einmarsch der feindlichen Truppen zugebracht hatte.

In der Stadt war das Chaos ausgebrochen. Die Russen kämpften um jeden Quadratmeter und erlitten dabei herbe Verluste. SS-Einheiten verteidigten ihr Territorium bis auf den letzten Mann.

Der Junge irrte auf den Straßen umher, manchmal gab ihm ein Soldat ein Stück Brot oder er holte sich beim Roten Kreuz einen Teller warme Suppe. Er schlief in Bunkern oder in Schulsälen, die für Flüchtlinge eingerichtet worden waren. Tagsüber streunte er durch die Gegend wie ein herrenloser Hund. Er litt an Hunger und Durst, er sehnte sich nach Vater und Mutter und nach seinen Geschwistern. Der Kanonendonner, der noch immer von weitem zu hören war, drang an seine Ohren und ließ ihn am ganzen Körper erzittern. Einmal schlug eine verirrte Granate dicht neben ihm ein. Er zuckte zusammen und warf sich auf die Erde. Dann aber wurde es still um ihn herum. Die deutschen Soldaten ergaben sich, und die Schießerei auf den Straßen hörte auf.

Es war schrecklich, als er mitansehen musste, wie die deutschen Landser mit erhobenen Händen durch die Stadt getrieben wurden. Wie würde es seinem Vater ergehen? Der mörderische Krieg war zu Ende. Die Menschen konnten nun wieder gen Himmel blicken, ohne vor den Bombengeschwadern und Tieffliegern zusammenzucken zu müssen. Die Vögel begannen wieder zu singen. Sie schwangen sich auf die kahlen, halbverbrannten Äste und rußgeschwärzten, zerborstenen Kirchtürme und zwitscherten ihre Lieder in die Lüfte, als habe es nie diesen schrecklichen Krieg gegeben. Die Sirenen heulten nicht mehr auf, statt dessen pfiff ein frischer Wind durch die Gassen. Die Menschen atmeten auf. Sie konnten wieder die Sonne sehen und mussten nicht mehr ihre Zeit in den dunklen Luftschutzbunkern zubringen. Frische Luft atmen und die Wärme der Sonnenstrahlen auf der Haut spüren – welch ein Geschenk!

Aber diese Tatsache täuschte nicht darüber hinweg, dass das Elend in Deutschland groß war. Viele Flüchtlinge bevölkerten die Stadt, und auch der kleine ausgebombte Junge wusste nicht, wo er letztlich bleiben sollte. Fremde Leute haben schließlich den herumirrenden Buben aufgenommen und kümmerten sich um ihn. Sie gaben ihm ein Dach über dem Kopf und teilten ihr Brot mit ihm.

Tagsüber entdeckte er ein neues Abenteuer. Er lungerte in den Trümmergrundstücken herum, buddelte im Schutt und suchte nach etwas Brauchbarem. Er fand auch das Haus, in dem er früher mit seinen Eltern und Geschwistern gewohnt hatte. Immer wieder zog es ihn zu der Ruine. Es war früher ein recht düsteres Haus mit einem Hinterhof gewesen. Wenn ein Sonnenstrahl in sein Zimmer scheinen wollte, dann musste er sich fast das Genick brechen, so verwinkelt waren seine Mauern gebaut. Ganz oben in der Mansarde hatte sein Bett gestanden. Aber nun boten Berge von Schutt und Geröll und zum Himmel ragende verbogene Eisenteile ein hässliches Bild. Nichts war von diesem Haus heil geblieben. Es war nicht ungefährlich, zwischen den Trümmerbalken und zerborstenen Mauern herumzuklettern. Aber dem Knaben machte es Spaß. Einmal saß er auf einer Hauswand, die noch heil geblieben war, und beobachtete, wie ein kleines Mädchen sich ängstlich und zaghaft einen Weg durch die Steinwüste bahnte. Plötzlich blieb es stehen, als ob es kein Weiterkommen gäbe. Etwas barsch und unfreundlich rief er zu der Kleinen hinüber: „He da, was hast du hier zu suchen?" Er war nämlich der Meinung, dass nur er das Recht hatte, das Grundstück zu betreten.

Ganz erschrocken zuckte das Mädchen zusammen. Erst jetzt bemerkte es den Jungen, der auf der Mauer saß und die Beine baumeln ließ. Die verängstigte Kleine sagte zunächst kein Wort zu ihm und blinzelte ihn nur etwas verlegen von der Seite an. Er sah zu ihr hinüber und war nun beschämt, dass er die Kleine so barsch angefahren und sie erschreckt hatte. Sie tat ihm jetzt Leid, denn sie sah sehr mager, ja ausgezehrt aus, und ihr dünnes Kleid war ziemlich zerrissen. Nur mühsam konnte sie über die Steine klettern.

Seine Stimme klang nun freundlicher, als er ihr die Frage stellte: „Du bist wohl sehr müde und erschöpft? Du kannst wohl nicht mehr weiter gehen? Fass meine Hand und spring mit einem kräftigen Sprung hier auf diesen Stein!" Er zeigte ihr genau die Stelle, wo sie Boden unter ihren Füßen gewinnen konnte, ohne ins Rutschen zu kommen. Mit einem Satz hatte sie ihn erreicht. Sie setzte sich zu ihm. Sein Blick war nun nicht mehr so feindselig.

„Wen suchst du hier?", fragte er sie mit noch immer etwas unfreundlichem Ton.

„Das war doch unser Haus. Wir haben hier gewohnt", kam es recht kläglich über ihre Lippen.

„Du hast hier gewohnt?", stotterte er und schaute sie dabei mit leicht misstrauischem Blick an.

„Wo denn?", bohrte er weiter.

Erst jetzt blickte sich das Mädchen um und sah sich die Ruine genauer an. Da war die Vorderseite, sie war halb eingestürzt, dahinter türmten sich die riesigen Schutthalden und die rußgeschwärzten und zerborstenen Steine zu einem Berg auf. Das Kind schaute nach oben, wo die Familie früher gewohnt hatte. Aber da war nichts mehr, man konnte direkt bis in den Himmel sehen. Um sie herum aber lagen nur Staub, Geröll und Trümmer.

„Da oben", zeigte sie mit ihrem zarten Fingerchen, „da oben

irgendwo hat mein Bett gestanden." Enttäuscht ließ sie ihr Händchen sinken.

Der Junge kannte sie nicht. Viele Kinder hatten in dem großen Haus gewohnt. Vielleicht waren sie sich mal auf dem Hinterhof beim Spielen begegnet. An die Kleine aber konnte er sich nicht erinnern.

Mit einer schnellen Handbewegung wischte der Junge den Staub und die Trümmerreste von der Mauer und deutete ihr an, dass sie sich neben ihn setzen sollte. Jetzt wusste er, dass sie genauso wie er das Recht hatte, hier zu sitzen oder auf dem Grundstück herumzulaufen. Sie saßen beieinander und sahen auf die Steine. Zwischen ihnen wuchs hier und da Unkraut. Sogar in den kleinsten Ritzen blühte und grünte es. Seltsam, wie genügsam die Pflanzen waren. Sie hatten ihre Wurzeln tief in die karge Trümmerlandschaft gesenkt. Über ihnen schien die Sonne am wolkenlosen Himmel. Es war still und friedlich um sie herum. Sie sagten auch nur wenig. Wahrscheinlich hatte all das Leid und der Schrecken des Krieges ihren Mund stumm gemacht.

„Und wo wohnst du jetzt?", schaute er sie von der Seite an.

„Ach, ...", kam es leise über ihre Lippen. Sie wollte wohl nicht über ihr Zuhause reden.

Als es dunkel wurde, ging jeder seines Weges. Aber in den kommenden Tagen begegneten sich die beiden öfters an ihrer Mauer.

Hier waren sie ungestört, hier kümmerte sich keiner um sie, hier vertrieb sie auch niemand von ihrem angestammten Platz. Das war ihr Revier.

Einmal holte der Junge zwei Pellkartoffeln aus seiner Jackentasche. Er teilte sie mit seiner Freundin. Kartoffeln waren in der Zeit des großen Hungers eine Kostbarkeit, und er hatte sie für das Mädchen aufgehoben. Aber das verschwieg er ihr, als er sah, wie gierig sie die Kartoffel verschlang. Dann gab er ihr auch noch die zweite.

„Ich habe keinen Hunger", log er und fühlte trotz des leeren Magens ein wohliges Gefühl in seiner Brust. Fröhlich pfiff er sogar ein Lied.

Jedes Mal, wenn sich die beiden begegneten, hatte er eine Kohlrabi oder eine Möhre oder eine saure Gurke oder ein paar Erbsen in seiner Jackentasche und legte das Gemüse in ihre Hand. Einmal hatte er sogar einen Apfel für sie mitgebracht. Er war von einem Lastauto gerollt, das vorüberfuhr, und da hatte er schnell zugegriffen. Das Mädchen aber wollte ihn nicht allein essen, sondern gab ihm das größere Stück.

Zwischen den beiden jungen Menschen entstand ein vertrautes Miteinander. Das Mädchen verlor seine Scheu und fragte ihn, ob er denn jeden Tag hierher komme. Auch wenn es regnet? Daraufhin zeigte er ihr stolz sein Versteck. Bisher war dies sein Geheimnis. Aber jetzt weihte er seine Freundin in alles ein. Vorsichtig stieg sie die paar Treppenstufen hinunter und landete in einem Keller, der nur zur Hälfte verschüttet war. Die Decke war heil geblieben.

„In deiner Behausung ist es aber schön", staunte sie. „Hier kann man ja richtig wohnen."

„Ja, das habe ich mir auch vorgenommen, wenn mein Vater heimkommt."

„Dein Vater?"

„Klar, er wird bald nach Hause kommen. Jetzt sieht man doch oft Heimkehrer aus der Gefangenschaft durch die Straßen gehen. Sicher werde ich bald meinen Vater sehen."

Plötzlich wurde das Mädchen ganz traurig. Ihr Freund wartete auf seinen Vater, und sie hatte keinen Vater mehr.

Bekümmert kletterte sie die Stufen wieder nach oben. „Wenn ich doch auch einen Vater hätte", dachte sie und wurde ganz still. Sie zog ihre Stirn in Falten, und in ihrem hageren Gesicht zuckte es um den Mund. Ihre sonst so lebendigen Augen waren starr geworden.

So schnell würde er seinen Vater nicht wieder erwähnen, überlegte er. Er wollte seine kleine Freundin nicht so traurig und bedrückt sehen.

Aber es war seltsam. Plötzlich begann sie von seinem Vater zu reden, wie wunderbar es wäre, wenn er endlich von den Russen entlassen werden würde. Dann hätten sie wieder einen Vater. Der Junge horchte auf. Was hatte das Mädchen eben gesagt? Es sprach davon, dass wir einen Vater hätten, so als wäre er auch der ihrige.

Dass sein Vater nun bald nach Hause kommen würde, stärkte seine Hoffnung. Damit rechnete er jetzt felsenfest. Als erstes würde der Vater dann zu seinem Haus eilen und schauen, ob es von den Bomben verschont geblieben sei. Er würde nach seiner Familie suchen, ob sie denn noch lebte.

Aus diesem Grunde wartete der Junge jeden Tag bei strahlendem Sonnenschein hier auf der Mauer auf seinen Vater. Regnete es aber, dann stieg er die Stufen in sein Kellergewölbe hinab. Das kleine Mädchen leistete ihm Gesellschaft.

Der Sommer neigte sich seinem Ende zu. Auf den Wiesen färbten sich die Grashalme braun und gelb. Sie welkten dahin, und die sonst so sattgrünen Wiesen wurden immer blasser. Von den Bäumen fielen die Blätter, und bald würde es die ersten Nachtfröste geben. Die Temperaturen sanken unter den Gefrierpunkt, und an manchem Morgen lag Raureif über der Natur. Wenn sie beide doch nur warme Wintermäntel hätten. In ihren dünnen Hemdchen und Blusen froren sie mächtig. Stillsitzen ging nicht mehr. Ihre Zehen froren, und die Kälte drang durch bis auf die Haut. So bewegten sie sich eifrig auf dem Grundstück und hüpften hin und her. Sie versuchten ein wenig Ordnung in die Trümmerlandschaft zu bringen und bauten sich einen Pfad durch die Steinwüste. Bald konnten sie auf gebahntem Weg in ihr Kellerloch kommen. Sie räumten auch die Steine und Betonreste von den Stufen weg und schippten den Sand mit einem alten Eimer fort. Plötzlich entdeckten sie ein kleines Fenster. Es war zuvor von den Steinmassen und Erdklumpen völlig zugeschüttet gewesen. Tagelang mussten sie kräftig arbeiten, bis sie das Fenster endlich ganz freigeschaufelt hatten. Nun kam Licht, helles Licht in ihre Behausung. Vor lauter Freude fassten sie sich an die Hände und tanzten durch ihre Wohnung. Sie waren ganz ausgelassen vor Glück. Was sie nun alles, da es hell geworden war, entdecken konnten! Da stand ein alter Tisch mit einer Bank in der Ecke. Die Möbel waren ganz mit Staub bedeckt. In einer Kiste fanden sie Kartoffeln und Möhren. Sie waren noch gar nicht faul. Die Kartoffeln hatten nur sehr lange Keimlinge getrieben. Das Gemüse war noch genießbar. „Welch ein Glück!", jubelten sie beide. „Wenn Vater heimkommt, haben wir Essen für ihn. Alles wird für ihn aufgehoben", bestimmte das Mädchen. Nur ab und zu, wenn der Hunger gar zu groß war, holten sie sich eine Mohrrübe, wuschen sie ab und ließen sie sich gut schmecken. Ihre Höhle wurde ihnen zu einem kleinen Paradies. Sie fanden außer den Lebensmitteln und den Möbeln auch noch Wolldecken und einen Sack mit alten Kleidern. Sogar zwei Kissen und ein Federbett entdeckten sie. Sie brachten die Kleider und Decken an die Luft, damit sie den scheußlichen, muffigen Geruch verloren und trocken wurden. Es war jetzt auch nicht mehr so stickig im Keller, denn man konnte nun das Fenster öffnen. Sie fühlten sich wie Grafen auf einem Schloss und jubelten immer wieder: „Wir sind reich, sehr reich sogar!" Keiner kam und machte ihnen ihren Besitz streitig. Wer hätte auch in diesem Trümmerfeld herumklettern mögen? Das war doch viel zu gefährlich. Jetzt machte ihnen das Arbeiten erst richtig Spaß. Waren die Steine, die ihnen im Weg lagen, zu schwer zum Heben, dann sagten sie nur: „Das macht der Vater, wenn er kommt." Dabei lächelten sie sich an.

Wie lange würden sie wohl noch auf ihn warten müssen? Fast schien ihnen die Zeit wie eine Ewigkeit. Schnee war schon gefallen, und noch immer hielten sie nach dem Vater Ausschau. Aber vergeblich. Die Kinder zogen sich in ihren Keller zurück, zogen die alten Kleider über ihre dünnen Hemdchen und wickelten sich in ihre Decken ein. So war es im Keller auszuhalten. Bald würde ja der Vater kommen. Außerdem mussten ja fast alle Bewohner der Stadt frieren, denn es gab weder Kohlen noch Holz zum Heizen.

Weihnachten nahte, und eines Tages sagte der Junge: „Wir müssten ein Tännchen haben."

„Ja, ein Tännchen und ein paar Kerzen dazu", nickte die Kleine bei seinen Worten. Aber daran war gar nicht zu denken. Der Wald war zu weit entfernt. Und wer hätte ihnen eine Tanne schlagen sollen? Sie hatten auch kein Beil und auch keinen Handwagen. Wie hätten sie den Baum hierher transportieren sollen? Aber der Junge gab nicht auf.

Einige Tage kam er nicht in sein Versteck. Er war ständig auf Achse, ging bis weit vor die Stadt hinaus, wo schon die Schrebergärten begannen, und suchte einen Weihnachtsbaum. Eines Morgens erschien er wieder in seinem Unterschlupf. Er knöpfte seine Jacke auf und holte ein etwas schiefes, unansehnliches Bäumchen hervor. Eigentlich war es mehr ein krumm gewachsener Zweig. Man hätte ihn nicht Weihnachtsbaum nennen dürfen, und der Junge verriet auch nicht, wo er ihn aufgetrieben hatte. Er brummte nur so vor sich hin: „Es war schwer." Mit viel Mühe befestigte er sein Bäumchen zwischen mehreren großen Steinen. Ja, es war ein Christbaum, wenn auch nicht so schön wie eine Edeltanne. Aber im Kellerloch spielte das Aussehen sowieso keine große Rolle. Die äußere Gestalt war nicht wichtig, denn es war jetzt recht düster in der Behausung, weil die Sonne nur selten durch die Wolkendecke hindurchdrang. „Aber es ist doch ein richtiger Christbaum. Nun fehlen nur noch die Kerzen", dachte er. Mit einer hätte er sich schon zufriedengegeben. Und das Mädchen meinte auch: „Eine tut's schon."

Einige Tage blieb der Junge wie vom Erdboden verschwunden. „Mal sehen", hatte er gemurmelt. Das Mädchen wusste nicht, wo er verblieben war. Vom Himmel fiel Schnee. Zum Schlittenfahren reichte er nicht, aber es war schön, wie alle Trümmer und Ruinen mit einem weißen Schleier bedeckt wurden. Die zerborstenen, hässlichen Steine sahen plötzlich wie wunderbare Kunstwerke aus.

Eines Tages sah man auf der Straße zwei Fußstapfen. Es war die Spur eines schweren, müden Ganges. Immer wieder war die Spur unterbrochen, weil der ausgemergelte Wanderer wohl erschöpft war und ein wenig Rast machen musste. Neben dem Abdruck der Sohlen konnte man noch eine andere Spur entdecken. Ein Krückstock musste sie verursacht haben. Regelmäßig sah man im Schnee eine schwarze Stelle. Man konnte darunter die nackte Erde erkennen. Die Spur führte bis an das Trümmergrundstück eines großen Hauses, dann hörte sie auf. Der Mann lehnte sich an einen Holzpfosten, der noch beim letzten Bombardement stehen geblieben war. Erschöpft und müde wirkte er. Er musste erst mal verschnaufen.

Er schaute über die Ruine. Früher hatte er hier mit seiner Frau und seinen Kindern gewohnt. Sie waren jetzt alle tot. Das hatte er schon von den Leuten erfahren, die er auf der Straße getroffen hatte. Alles lag in Trümmern danieder. Gar nichts mehr war von der alten Pracht übrig geblieben. Warum war er nur nach Hause gekommen? Aber er hatte ein so starkes Verlangen nach daheim verspürt, dass er Weihnachten unbedingt zu Hause sein wollte. Das hatte er sich vorgenommen, und deshalb hatte er sich so angestrengt, sein Ziel zu erreichen. Nun war es Weihnachten oder zumindest würde es bald sein – er hatte es verlernt, nach dem Kalender zu rechnen. Und nun stand er vor einem Trümmerhaufen. Er hatte kein Zuhause mehr, keine Heimat. Da, wo der Schornstein in den Himmel ragte, stand nur noch ein Stück Giebel. Da war früher seine Wohnung gewesen. Nun waren alle seine Lieben tot. Er ging um das Haus herum. Viel konnte er nicht mehr sehen, denn es war dämmrig geworden. Nur noch die Umrisse zeichneten sich ab. Mit seinem Stock in der Hand tastete er sich mühsam durch die Trümmer. Was war von dem einst so schönen Gebäude übrig geblieben? Nichts als Ruinen. Er blickte gen Himmel. Hier und da funkelt ein Stern am Himmel auf. War dies ein Zeichen, dass es noch einen Funken Hoffnung gab? In der Ferne läutete eine Glocke. Eine Weile blieb der Alte stehen und schaute noch einmal nach den zerborstenen Häuserwänden und den angebrannten Balken. Dann wollte er wieder gehen. Plötzlich hielt er inne. Er hörte zarte Stimmchen, als ob Kinder singen würden. Aber woher kamen die leisen Stimmen? Ringsum wohnte doch niemand mehr. Die Bomben hatten alles zerstört und kaputt gemacht. Fast klang es so, als käme der Gesang aus der Tiefe der Erde. Und wirklich, er entdeckte ein kleines Kellerfenster. Es war notdürftig mit einem alten Jutesack verhängt. Aber dahinter musste eine Kerze flackern, denn ein Lichtschein drang nach außen. Er kniete sich auf die Erde nieder und blickte durch einen Spalt in das Kellerloch. Zwei Kinder saßen auf einer Bank. Vor ihnen auf einem alten Tisch stand ein Tannenzweig mit nur einer einzigen Kerze. Ihr Schein reichte aus, um in die zwei Kindergesichter zu sehen. Die beiden hatten sich an den Händen angefasst und sangen das alte Lied: „O, du fröhliche, o, du selige, gnadenbringende Weihnachtszeit." Ihre Augen strahlten vor Glück.

Der Mann kniete noch immer am Boden. Vielleicht war er auch zu ausgemergelt, um aufstehen zu können. Noch immer zitterten seine Hände. Es war sein Sohn, sein kleiner Sohn, den er da entdeckt hatte. Der elende Krieg hatte ihn nicht töten können. Heute am Weihnachtsabend war er ihm neu geschenkt worden. Er sah das blonde Mädchen an seiner Seite sitzen wie eine kleine Schwester. Und nun war er sich ganz sicher: Die beiden warteten auf ihn. Überwältigt von dieser Freude blieb er eine Weile auf seinen Knien liegen. Er beugte sich tief nieder. Heute Abend war ihm Großes widerfahren. Ein Wunder war geschehen. Sein Sohn lebte und er mit ihm.

(Diese Geschichte stammt von Annemarie Wehr und wurde von mir nacherzählt.)

Die unglaubliche Geschichte einer großen Liebe

Eine Mutter erzählt: Jedes Jahr am Geburtstag meines Kindes steht ein blühender Mandelzweig in einer Vase, und dazu singe ich ihm ein Lied, das geheimnisumwoben ist. Mein Sohn wird mich eines Tages fragen, warum ich dies so handhabe. Dann werde ich ihm die Geschichte einer großen, wunderbaren Liebe erzählen und das Geheimnis seines Lebens lüften. Dann wird das Göttliche vor ihm aufstrahlen, und ein Staunen wird ihn überkommen.

Ich war noch jung, sehr jung sogar, noch keine zwanzig Jahre alt, als ich mich zur Heirat entschloss. Ich hatte nur einen Wunsch, einen Traum: Ich wollte lieben und geliebt werden. Das Leben lag vor mir, und ich war so voller Hoffnung. Von Klaus war ich begeistert. Er war dynamisch, selbstbewusst und begeisterungsfähig. Auf ihn konnte ich stolz sein. Wenn ich mit ihm zusammen war, fühlte ich mich geborgen. Er gab mir Stärke, Schutz und Halt. Mit ihm würde ich mein Leben meistern. So waren unsere ersten Ehejahre glücklich verlaufen, und ich schwebte auf Wolke sieben. Wenn ich gar zu sehr schwärmte, holte mich mein Mann auf den Boden der Tatsachen zurück.

„Inga, weißt du eigentlich, in was für einer Zeit wir leben? Es wird zum Krieg kommen. Siehst du nicht, wie überall aufgerüstet wird? Vernimmst du noch nicht, dass in Deutschland eine neue böse Zeit anbricht? Überall wird gegen die Juden gehetzt. Es steht nicht gut um unser Volk. Die Nazis drohen mit Gewalt und Terror. Von Konzentrationslagern ist schon die Rede. Alle, die sich ihrer Idee und ihren Forderungen widersetzen, droht die Gefängnisstrafe."

Ich hörte seine Worte und begriff sie doch nicht. Aber schon bald musste ich meinem Mann Recht geben. Ich war erschüttert, als über Nacht Dr. Rosenbaum mit seiner Familie verschwunden war. Schon seit vielen Jahren war er unser Hausarzt und wohnte direkt neben uns. Dr. Levi Rosenbaum war ein Arzt, wie man ihn nur jedem Kranken wünschen möchte. Seine Freundlichkeit und sein Können waren so wohltuend. Er stellte die richtigen Diagnosen. Behutsam ging er mit seinen Patienten um. Bei ihm heilten die Wunden schneller, weil er immer ein tröstendes, helfendes Wort für seine Kranken hatte. Ich erinnere mich noch sehr genau an seine Behandlungsweise. Einmal war ich beim Fahrradfahren gestürzt und hatte schreckliche Angst, als mir die Platzwunde genäht werden musste. Ich lag im Behandlungszimmer, und Dr. Rosenbaum sah mein Zittern und Bangen. Plötzlich ging er weg, und als er wiederkam, legte er mir eine wunderschöne Muschel mit einer Perle in meine Hand. Erklärend fügte er hinzu: „Diese Perle entstand unter großen Schmerzen. Sie ist in der Muschel gewachsen. Sieh nur, wie schön sie ist." Ich hielt die Muschel in meinen Händen und staunte über den Glanz und die Form der Perle. Sie war wundervoll anzusehen. Ich war von ihrer Schönheit beeindruckt. Darüber vergaß ich meine Angst und war überrascht, dass mein Riss am Kopf schon genäht war.

Es hat mich sehr betroffen gemacht, dass dieser so wertvolle Mensch mit Frau und Kindern so plötzlich abtransportiert wurde. „Hast du eine Ahnung, was mit dieser Familie passiert ist?", fragte ich meinen Mann.

„Du weißt doch, Dr. Rosenbaum ist Jude. Er wird schon was auf dem Kerbholz haben, sonst hätte man ihn nicht in einer Nacht- und Nebelaktion abgeholt."

Mit dieser Antwort konnte ich mich nicht zufrieden geben. Mir war ganz elend zumute, und ich musste mir eingestehen, dass mich Klaus ganz bewusst in den letzten Monaten von dieser Familie ferngehalten hat. Warum war ich bloß so feige und habe mich nicht dagegen aufgelehnt? Ich habe durch mein Verhalten meine Freunde verraten. Diese Schuld lastete schwer auf mir. Ich weinte, und als Klaus meine Zerknirschung sah, schnauzte er mich an: „Hör auf mit diesem Gejammer und mit dieser Heulerei. Unser Führer wird schon wissen, was er tut."

An diesem Abend begriff ich, dass mein Mann in seiner politischen Einstellung eine völlige Kehrtwendung vollzogen hatte. Er strebte in seinem Beruf eine Karriere an. So zog er es vor, mit der Zeit zu gehen, und stellte sich ganz auf die Seite von Adolf Hitler. Er wurde blind für ethische Werte wie Gerechtigkeit, Liebe, Ehre. Hass und Gewalt traten an diese Stelle. Plötzlich fühlte ich mich von diesem neuen Regime bedroht. Mit einem Male war ich hellwach. Ich befreite mich von meiner bisherigen Träumerei. Ich erkannte, wie unsere Ehe durch diese politische Veränderung in eine Zerreißprobe kam. Ganz offen bekannte sich mein Mann zum Nationalsozialismus.

Nach nur wenigen Monaten erfuhren wir, dass Dr. Rosenbaum im KZ in Auschwitz umgekommen war. Meine Eltern hatten mir dies mitgeteilt. Als Todesursache war vermerkt worden, dass die Familie an den Folgen einer schweren Grippeepidemie verstorben sei. Aber ich wusste: Dies ist eine Lüge.

Ich sprach mit Klaus über den Tod unseres Nachbarn, aber unser Gespräch endete in einem wüsten Streit. „Stellst du dich auch auf die Seite der Juden? Siehst du denn nicht, dass sie Verbrecher und elende Halunken sind? Von jeher haben sie das Volk ausgebeutet. Blutsauger sind diese Scheißjuden und Kapitalisten!"

Im Zorn packte ich meine Siebensachen und wohnte fortan bei meinen Eltern. Das Tischtuch zwischen uns war zerschnitten. So brutal und gemein hatte ich meinen Mann noch nie zuvor erlebt. Hatte ihn das Naziregime schon so verdorben und ihm seine Seele geraubt? Ich war verzweifelt.

Kurze Zeit später wurde Klaus zum Militärdienst einberufen. Ich blieb im Hause von Vater und Mutter wohnen. Meine Eltern versuchten, einigen jüdischen Freunden und Bekannten zu helfen und sie vor dem KZ zu bewahren. Sie lebten recht abgelegen in der Nähe des Waldes, und so gaben sie diesen gejagten Menschen ein Dach über dem Kopf.

An einem Freitagmorgen erhielt ich die Nachricht, Klaus bekäme Fronturlaub. Er sei leicht verletzt und brauche einige Wochen Ruhe für seine Genesung. Es blieb mir nichts anderes übrig, als sofort nach Hause in unsere gemeinsame Wohnung zu fahren, denn bei meinen Eltern konnte ich ihn wegen unserer jüdischen Flüchtlinge nicht aufnehmen. Hätte er von diesen verbotenen Aktivitäten gehört, dann wären meine Eltern selbst ins KZ gekommen. Er hätte sie verraten. Seine Gesinnung und sein Verhalten waren brutal und unberechenbar geworden. Die Braunhemden hatten ihn mit ihren teuflischen Ideen infiziert.

Nun waren wir wieder wie früher in unserem Heim. Wir versuchten einen Neuanfang in unserer Ehe und führten stundenlange Gespräche miteinander. Doch wir konnten nicht zueinander finden. Wir hatten uns auseinander gelebt. Ich war sehr bekümmert. Als Klaus wieder an die Front zurückgekehrt war, merkte ich, dass ich schwanger geworden war. Ich wollte sofort zu meinen Eltern fahren, aber die Reisebedingungen waren dermaßen katastrophal, dass ich meinen Aufbruch um einige Wochen hinausschob. Als ich dann doch schließlich die Reise antrat und zu Hause bei meinen Eltern ankam, war ich zutiefst erschrocken. Alles war chaotisch. Die Wohnung war ausgeraubt worden, Türen und Fenster waren eingeschlagen. Meine lieben Eltern wurden vermisst. Ich war entsetzt, suchte nach Vater und Mutter, fragte Freunde und Bekannte nach ihrem Verbleib und musste schließlich die bittere Wahrheit hören: Menschen aus ihrem nächsten Verwandtenkreis hätten meine Eltern wegen ihrer Judenfreundlichkeit angezeigt. Plötzlich kamen mir wieder die Worte von Klaus in den Sinn, die er mir nach einem heftigen Streit zugerufen hatte: „Das ist Sabotage, diese Judenschweine zu verstecken. Solche Leute müssen mit ihnen ins KZ. Auschwitz wartet schon auf solche Vaterlandsverräter, die dem Führer in den Rücken fallen."

Dieses schreckliche Geschehen versetzte mich in einen Schock. Ich war unfähig, einen klaren Gedanken zu fassen. So blieb ich ein paar Tage bei Freunden. Sie händigten mir noch etliche Wertsachen aus, die Vater bei ihnen versteckt hatte. Darunter war auch eine Kassette mit wertvollem alten Schmuck. Außerdem steckten sie mir noch eine Adresse von weitläufigen Verwandten zu. Auf diesem bäuerlichen Gehöft sollte ich Unterschlupf suchen. So trat ich die weite Reise an.

In dem Ort, wo meine Eltern verraten worden waren, wollte ich nicht länger bleiben. Der Zug rollte immer weiter westwärts, aber ich kam schlecht voran. Der Truppentransport hatte Vorrang vor den Reisewünschen der privaten Leute. Mit dem Zug kam ich einfach nicht weiter. Zum Teil waren die Bahnlinien von feindlichen Bombern zerstört worden. Bange Fragen begleiteten mich auf meinem Weg. Wie sollte mein Leben weitergehen? Gab es noch einen winzigen Strahl der Hoffnung für mich? Ich zog nun zu Fuß von Hof zu Hof. Manchmal blieb ich ein paar Tage bei netten Menschen, half ihnen in der Landwirtschaft und bestritt so meinen Lebensunterhalt. Als Schmarotzer wollte ich nicht gelten. Aber diese schwere landwirtschaftliche Arbeit wurde mir mit zunehmender Schwangerschaft zu viel. Ich wollte noch vor Einbruch des Winters unsere Freunde auf ihrem Gut erreichen, aber ich hatte die Rechnung ohne den Wirt gemacht. Eines Morgens setzte heftiger Schneeregen ein. Ich war durchnässt bis auf die Haut. Der lange Weg durch den Wald hatte meine Kräfte aufgezehrt. Ich war müde und machte mir Sorgen um meine Zukunft. Angst überfiel mich, und manchmal war ich auch verzweifelt. Schließlich wollte ich nur noch sterben. Ich sah keine Chance für mich und mein Kind, das ich unter dem Herzen trug. Es wurde schon dunkel, und noch immer fand ich nicht aus dem Wald heraus. Die Nacht brach an. Plötzlich entdeckte ich in der Ferne in einer Schonung eine Rauchfahne. Da, wo ein Feuer brennt, müssen auch Menschen leben, sagte ich mir. Ich ging in die Richtung, von der der Rauch aufstieg. Vor einem kleinen Bienenhaus, das wohl schon länger keine Bienen mehr gesehen hatte, blieb ich stehen. Ganz vorsichtig öffnete ich die Tür. Eine junge Frau schreckte auf. Sie sah mich an und wich zurück. Als sie erkannte, wie kaputt, durchnässt und müde ich war, kam sie auf mich zu. Sie ergriff meine zitternden Hände und blickte auf meine schlotternden Knie. „Du kannst Milena zu mir sagen", sprach sie mich an. Sie zog mich aus meinem schweren Mantel und half mir, meine nassen Kleider auszuziehen. Dann breitete sie eine warme Wolldecke um mich. Erst jetzt sah ich, dass es in dem Bienenhäuschen noch einen Mitbewohner gab. In einer Ecke auf einer alten Matratze lag ganz nah am warmen Herd ein Baby. Mit nur wenigen Worten erzählte ich, dass ich mich auf dem Weg zu meinen Freunden im Wald verirrt hätte und dazu vom plötzlichen Wintereinbruch überrascht worden sei. Nun sei ich so müde und entkräftet, dass ich nicht mehr weiter laufen könne. Ich war froh gewesen, als ich dieses Häuschen entdeckt hatte. Milena bot mir ihre Hilfe an. Sie kochte mir ein Glas Tee und wies mir einen Schlafplatz nahe der Feuerstelle zu. Aber an Schlaf war bei uns beiden nicht zu denken. So erzählte mir Milena, dass sie sich auch mit ihrem Mann auf der Flucht befände. Ruben sei nämlich Jude. In einem Krankenhaus habe er unter falschem Namen gearbeitet. Zunächst sei alles gut gegangen, aber dann habe sein Vorgesetzter Verdacht geschöpft. So hätten sie Hals über Kopf ihre Wohnung verlassen müssen und hausten nun in dieser kleinen Hütte, die mehr schlecht als recht war. Hier im Bienenhaus sei auch vor drei Wochen ihr Baby zur Welt gekommen. Es war ihr erstes Kind.

In dieser Nacht wurde es spät, bis ich einschlafen konnte. Alles in mir war aufgewühlt. Als ich am anderen Morgen erwachte, plagte mich hohes Fieber. Die Kälte und Nässe hatten mir mehr zugesetzt, als ich vertragen konnte. Milenas Mann war so gegen Mitternacht nach Hause gekommen. Er erkannte sofort, dass ich schwerer erkrankt sei, als ich selbst meinte. Er half mir mit Hausmitteln, das Fieber herunterzudrücken, und legte mir kalte Kompressen auf die Stirn. Das Ehepaar pflegte mich liebevoll. Sie waren Menschen, die das Herz auf dem rechten Fleck hatten und mir viel Verständnis entgegen brachten. Zum ersten Mal nach langer Zeit hatte ich wahre Freunde gefunden, denen ich mich mit meinem leidvollen Schicksal anvertrauen durfte. Mit ihnen konnte ich auch über meine Schuld sprechen, dass ich mich nicht entschieden genug gegen meinen Mann zur Wehr gesetzt hatte. Ich hätte zu Dr. Rosenbaum stehen sollen. Es war falsch, dass ich so feige war und mich von dieser Arztfamilie zurückgezogen hatte. Vielleicht hätte ich mich ganz von meinem Mann trennen müssen, dann hätte ich meine Eltern vor dem KZ retten können.

Dieses offene Gespräch tat mir gut. Es entlastete meine Seele.

Als es wieder Abend geworden war, sang das Ehepaar ein Lied für ihren kleinen Sohn. Es beeindruckte mich sehr:

Freunde, dass der Mandelzweig wieder blüht und treibt,
ist das nicht ein Fingerzeig, dass die Liebe bleibt?
Tausende zerstampft der Krieg, eine Welt vergeht.
Doch des Lebens Blütenzweig leicht im Winde weht.
Dass das Leben nicht verging, soviel Blut auch schreit,

achtet dieses nicht gering in der trübsten Zeit.
Freunde, dass der Mandelzweig sich in Blüten wiegt,
bleibe uns ein Fingerzeig, wie das Leben siegt.

Die Zuneigung dieser Eheleute bewegte mich, machte mir aber sogleich meine fatale Situation deutlich. Ich war allein und hatte keinen Menschen. Meine Eltern waren im KZ, mit meinem Mann hatte ich mich auseinandergelebt, er hasste mich, und auch ich war nicht frei von solchen niederträchtigen Gefühlen. Mein Kind hatte keinen Vater, und ich musste es allein großziehen. Bald würde es geboren werden. Aber würde ich es schaffen, mich mit meinem Kind durchs Leben zu schlagen? Fragen über Fragen in dieser wirren und mörderischen Zeit bewegten mich.

Milena und Ruben machten mir immer wieder Mut und versuchten, mich in ihre Freude mit hineinzunehmen. Ihre Liebe war stark und unzerbrechlich, und dies verlieh ihnen eine Strahlkraft, um die sie zu beneiden waren. Das Bienenhaus war zwar eng, dürftig, ja armselig, aber in seinen vier Wänden blühte die Liebe von Ruben und Milena. Ihr Baby war das Symbol ihrer Treue und ihres Glücks. Wunderbar wurde ich von beiden betreut, und so kam ich auch wieder zu Kräften. Längst hatte ich nicht mehr so starke Schmerzen, und das Fieber wich auch nach und nach.

Und doch gab es eine bedrohliche Situation. Unsere Lebensmittel gingen zur Neige. Es mussten neue beschafft werden. Ich holte eine wertvolle Kette aus der Schmuckschatulle, ging ins Dorf hinunter und tauschte sie gegen Brot, Milch, Wurst und etwas Butter ein. Ich wollte meinen Gastgebern nicht zur Last fallen und als Schmarotzer dastehen. Aber dieser lange Weg bis zum Bauer Wilhelm hatte wieder sehr an meinen Kräften gezehrt. Müde kam ich nach Hause und bekam erneut Fieber. Die Temperatur stieg höher und höher. Ein heftiger Schüttelfrost plagte mich. Schließlich überfiel mich eine solche Schwäche, dass ich fast nichts mehr um mich herum wahrnahm. Es war so, als wäre ich von Nebelbänken umhüllt worden. Ich konnte gerade noch hören, dass Ruben sagte: „Wenn wir Inga nicht stärkere Medikamente besorgen, dann ist das noch Ungeborene in Gefahr. Ich werde versuchen, bis zur Steigung zu gelangen, denn dort fährt die Lokomotive langsam, und dann will ich auf den Güterzug aufspringen. Er wird mich bis in die nächste Stadt bringen. Dort kenne ich einen Arzt, er wird mir die nötigen Medikamente geben."

Dieser Ratschlag war richtig und gut, aber bei Milena kamen Bedenken auf. Würde sich ihr Mann nicht in Gefahr begeben, wenn er sein Versteck verließe? Die Nazis waren ihm auf den Fersen und suchten ihn. Würde er entdeckt werden, dann war ihm das Todeslager sicher.

Wie aus der Ferne hatte ich dieses Gespräch der beiden wahrgenommen. Es beunruhigte mich. In meinen Träumen machten sich wilde Vorstellungen von Verfolgung und Folter breit. Die Häscher waren mir auf der Spur, weil ich von widerlichen, gemeinen Leuten verraten worden war. Schweißgebadet und mit heftigen Bauchschmerzen wachte ich am Morgen auf. Ruben war noch nicht von seiner Fahrt in die Stadt zurückgekommen. Wir waren in Sorge um ihn. Meine Schmerzen wurden immer schlimmer. Milena beobachtete mich und sagte mir: „Weißt du, dass du schon regelmäßig Wehen bekommst?" Noch am Vormittag schenkte ich einer kleinen Tochter das Leben. Es war eine Frühgeburt. Ich ahnte schon, dass das Kind keine Chance hatte zu überleben, denn schon im Mutterleib hatte es die Härte des Lebens erfahren müssen. Erst am Nachmittag kam Ruben von der Stadt zurück. Er sah mein Elend und untersuchte das Kind. Behutsam strich er mir übers Haar, dann sagte er sehr bestimmt: „Dein Kind muss sofort in eine Klinik gebracht werden, sonst überlebt es noch nicht mal die nächsten Stunden. Wir haben keine Nahrung für das Baby, und an der Brust kannst du es nicht stillen, es ist viel zu schwach."

Aber für den Krankenhausaufenthalt meines Kindes war es schon zu spät. Milena gab ihrem Mann mit einem Wink zu verstehen, dass das kleine Geschöpf gar nicht mehr atmete. Sie legte es mir an die Seite und war keines Wortes mehr fähig. Was hätte sie mir auch sagen sollen? Ihr Kind schrie aus Leibeskräften auf dem harten Lager, und mein Baby hatte gerade sein Leben ausgehaucht.

Milena rannen die Tränen über die Wangen. Ruben aber ging schweigend vor die Haustür. In der Hand trug er einen Spaten. Damit hob er ein kleines Grab aus, um meinen kleinen Schatz würdig in die fremde Erde zu betten.

Zwischen uns wurde es still in der armseligen Hütte. Die Worte erstarben uns auf unseren Lippen. Allmählich ließ das Fieber nach. Es ging mir wieder besser. Ich dachte über das Geschehen nach, konnte aber keinen Sinn entdecken. Am Abend legte mir Ruben seinen Sohn in die Arme, und ich begriff zum ersten Mal, welch ein Wunder solch ein Neugeborenes ist.

„Euer Kind wird Zukunft haben, denn ihr liebt euch", versicherte ich ihnen. „Gut, dass euer Baby überlebt hat."

„Nun sei nicht so verzagt", tröstete mich Milena. „Gott wird auch dir wieder Liebe schenken. Jetzt bist du noch schwach und elend, aber glaube mir, dir wird doch wieder die Sonne aufgehen."

In der folgenden Nacht hörte ich, wie Ruben seiner Frau zuflüsterte: „Milena, ich bin mir nicht sicher, ob mich bei meinem Weg in die Stadt nicht doch jemand erkannt hat. Ich bin nämlich einem früheren Angestellten aus der Klinik begegnet. Ich senkte zwar den Kopf und ging schnellen Schrittes an ihm vorüber, aber ..."

Milena schlug vor, dass sie sich nach einem neuen Unterschlupf umsehen sollten. Morgen würden sie sich auf die Suche begeben. Ich machte mir heftige Vorwürfe, denn es wäre allein meine Schuld, wenn unser Versteck entdeckt werden würde und die beiden in Gefahr gerieten. Um meinetwillen war Ruben in die Stadt gegangen und hatte dabei sein Leben aufs Spiel gesetzt.

Gegen Mitternacht wurde plötzlich ganz laut an die Tür geschlagen. Wir wussten sofort, was dies bedeutete. Milena versuchte, sich hinter Ruben zu verbergen. Das Baby hielt sie fest in ihren Armen. Noch einmal drückte Ruben seine Frau und sein Kind an sich. Der Krach draußen wurde stärker. Jeden Augenblick konnte die Tür aufgestoßen werden. Spontan stürzte Milena auf mich zu, knöpfte mir das Kleid und Leibchen auf und legte mir ihren Sohn an die Brust. In dieser Sekunde drangen die Nazis in unsere Hütte ein.

„Ja, das sind die Gesuchten", deuteten sie auf Ruben und Milena und leuchteten mit ihren grellen Taschenlampen auf ihre Körper. Ihr Anblick und ihre Worte verrieten Hass und Spott, als sie losbrüllten: „Ihr Judenpack könnt uns nun nicht mehr entkommen. Auschwitz wartet schon auf euch!"

Dann hatten sie auch mich entdeckt.

„Wer sind Sie?", schrien sie mich an. „Was suchen Sie hier bei diesen Judenschweinen?"

„Ich war auf der Flucht vor den Russen, wurde krank und habe mich in diesem Wald verirrt. Ich konnte nicht mehr weiterlaufen", stammelte ich. „So fand ich hier in diesem Bienenhaus einen Unterschlupf." Dann kramte ich in meiner Handtasche und holte meinen Pass heraus. Ich hielt ihn den SS-Männern entgegen.

„Und warum haben Sie nicht Hilfe im Dorf gesucht, sondern hier bei diesem Gesindel?"

„Diese Frau konnte nicht ahnen, dass wir Juden sind", verteidigte mich Ruben und lenkte die Beamten von mir ab. Fest hielt ich das Baby an meine Brust gedrückt. Würde es mir das Leben retten? Und plötzlich begann der kleine Schatz, gierig an meiner Brust zu saugen. Die Milch floss in Strömen. Milena und Ruben aber wurden sofort Handschellen angelegt. Wie die schlimmsten Verbrecher wurden sie abgeführt. An der Tür drehten sie sich beide noch einmal um und schauten ihren Sohn an. Laut und vernehmlich rief ich noch „Ja!", so dass die Eltern es hören mussten. Mit diesem kraftvollen „Ja", wollte ich ihnen die Zusage geben, dass ich mich um ihr Kind kümmern und es von ganzem Herzen lieben würde.

Ich blieb mit dem Baby allein zurück. Traurig hielt ich es auf dem Schoß und sah ihm in die Augen. Plötzlich durchdrangen zwei Schüsse die Stille der Nacht. Das Kind, das noch immer an meiner Brust trank, zuckte dabei zusammen und begann aufzuschreien. In diesem Augenblick waren ihm seine Eltern genommen worden. Es war zum Waisenkind geworden.

Fassungslos saß ich da. Ich konnte noch nicht einmal weinen. Diese brutalen Mörder hatten das Leben zweier so wertvoller Menschen zerstört, aber ihre Liebe haben sie nicht zerstören können. Ich will das Geheimnis ihrer Liebe in meinem Herzen bewahren. Um meinetwillen haben sie ihr Leben aufs Spiel gesetzt. Nie werde ich ihren Opfertod vergessen. An ihnen bewahrheitet sich das Wort der Bibel:

„Daran haben wir erkannt die Liebe, dass Jesus Christus sein Leben für uns gelassen hat; und wir sollen auch das Leben für unsere Brüder und Schwestern lassen." 1. Johannesbrief 3, 16

Kurz darauf entschloss ich mich, diesen Unterschlupf zu verlassen. Ich packte die wenigen Sachen für das Baby zusammen. Dabei fand ich einen kleinen, zerknitterten Zettel. Er war in hebräisch geschrieben. Ich konnte ihn nicht entziffern, aber ich spürte, ich müsste diesem Kind ein Vermächtnis bewahren.

Durch diesen kleinen Jungen fand ich einen hilfsbereiten Bauern, der mich auf sein Fuhrwerk lud und mich zum nahegelegenen Kloster brachte. Eine junge Nonne öffnete mir die Pforte. Es war gerade Weihnachtszeit. Da musste wohl die Schwester, als sie mich mit dem wunderschönen Kind auf dem Arm erblickte, an das Jesuskind in der Krippe zu Bethlehem erinnert worden sein. Sie bat mich freundlich herein und hieß mich willkommen.

Am Heiligabend las ein alter Mönch die Messe. Ich zeigte ihm den geheimnisvollen Zettel und bat ihn, er möge mir diese Botschaft übersetzen. Sie beinhaltete die Geschichte von dem jungen Joseph, dem man auch nach dem Leben trachtete:

„Die Brüder sahen Joseph schon von weitem. Bevor er jedoch nahe an sie herangekommen war, fassten sie den Entschluss, ihn umzubringen. Sie sagten zueinander: Dort kommt ja der Träumer. Jetzt aber erschlagen wir ihn und werfen ihn in eine der Zisternen. Wir sagen dann dem alten Vater, ein wildes Tier habe ihn gefressen. Dann werden wir ja sehen, was aus seinen Träumen wird. Sein Bruder Ruben aber hörte das und wollte Joseph aus ihrer Hand retten. Er sagte: Wir wollen keinen Mord begehen und wollen auch kein unschuldiges Blut vergießen! Werft ihn in die Zisterne da in der Steppe, aber legt keine Hand an ihn! Ruben wollte ihn nämlich aus ihrer Hand retten und Joseph wieder zurück zu seinem Vater bringen."

Ganz lebendig sah ich die Geschichte aus dem Mosebuch vor mir. Wahrscheinlich hatte Milena diese biblische Geschichte sehr geliebt. Die Brüder des jungen Joseph wollten ihn aus Neid und Eifersucht heraus umbringen, aber Ruben setzte sich für ihn ein und rettete ihn. Später hat dann Joseph seinen Brüdern ihre böse, hinterlistige Tat vergeben und alles zum Guten gewendet. Damit kam auch der Segen Gottes auf die ganze Familie seines Vaters Jakob.

Später fragte mich der alte Mönch nach dem Namen des Kindes. Als ich Ruben sagte, schaute mich die Nonne verständnislos an.

„Warum geben Sie diesem schönen Kind einen solch altmodischen jüdischen Namen?", wollte sie wissen. „Sie hätten ihm doch den Namen eines Heiligen geben können."

„Aber dies ist der Name eines Heiligen", klärte ich die Nonne auf und erzählte ihr die bewegende Geschichte von Ruben und Milena, wie sie ihre Liebe zu mir mit dem Tod bezahlt hatten. Ich konnte jetzt ganz offen darüber reden, denn das „Tausendjährige Reich" war entmachtet worden. Hitler hatte Selbstmord begangen, und viele seiner Schergen wurden hingerichtet. Ich blieb eine ganze Zeit im Kloster. Als sich das Leben wieder normalisierte, verließ ich den Ort, in dem ich bei den Nonnen Unterschlupf und Hilfe gefunden hatte. Beim Abschied sang ich mit den Schwestern das Lied, das ich wohl mein Leben lang weiter singen werde:

„Freunde, dass der Mandelzweig wieder blüht und treibt,
ist das nicht ein Fingerzeig, dass die Liebe bleibt?"

(Diese Geschichte stammt von Elisabeth Bernet und wurde von mir nacherzählt.)

Eine tolle Überraschung

Mit einer gewissen Beschämung muss ich an ein zurückliegendes Weihnachtsfest denken. Für unsere Kinder wurde es zu einer riesigen Enttäuschung. Wir waren jung verheiratet, und mein Mann hatte seine erste Stelle als Lehrer an einem Gymnasium angetreten. Alles hätte so schön sein können, wenn wir nur eine Wohnung gefunden hätten. In den fünfziger Jahren herrschte in Deutschland eine schreckliche Wohnungsnot. So hausten wir mit unseren beiden Kindern in nur einem Zimmer und einer Küche dazu. Ein Bad gab es nicht, und die Toilette befand sich am anderen Ende des langen Flures.

Mein Vater war zu Besuch gekommen und war über unsere elende Bleibe entsetzt. Im Winter kroch die Nässe die Wände hoch, so dass sich an der Decke und an den Tapeten hässliche Schimmelflecken bildeten. Obwohl wir tüchtig heizten, so dass die Herdplatte glühte, litten wir ständig unter kalten Füßen. Es blieb nicht aus, dass unsere Kinder oft an Husten und Halsschmerzen litten.

Mein Vater brachte uns auf die Idee, ein Haus zu bauen. Er würde uns dabei unter die Arne greifen und uns bei der Finanzierung helfen. Außerdem hätten wir Anspruch auf ein Darlehen für junge Familien. Auch vom Lastenausgleich stünden mir noch ungefähr 8000 DM zu. Mein Großvater hatte mir in Bessarabien, wo es Land in Hülle und Fülle gab, zur Taufe einige Hektar Land geschenkt. Es war damals so üblich, dass die Enkel mit Land bedacht wurden. Ich besaß über diese Schenkung sogar eine notarielle Urkunde. Wir rechneten und überlegten, wie viel wir vom Gehalt monatlich zurücklegen konnten und kamen zu dem Entschluss: Ja, es ist für uns das Beste, ein Grundstück zu suchen und zu bauen. Wenn ich heute auf dieses Unternehmen zurückschaue, muss ich unseren Mut und unsere Energie bewundern. Uns war aber klar, dass wir in dieser Entscheidung nur gewinnen konnten, denn der jetzige Zustand war mit unsern beiden Kindern in der engen und nassen Wohnung auf die Dauer unerträglich. Mit viel Elan setzten wir unseren Plan in die Tat um und bauten uns ein kleines Eigenheim.

Nun war natürlich eisernes Sparen angesagt. Monatlich wurde von unserem Konto ein erheblicher Betrag für Tilgung und Zinsen abgebucht. Um unseren Verpflichtungen nachzukommen, hatten wir uns eine Liste von Verboten aufgestellt. In den nächsten fünf Jahren durften keine Möbel oder sonstigen Anschaffungen für Hausrat getätigt werden. Den Urlaub wollten wir in unserem Garten und mit vielen Spaziergängen in die Umgebung verbringen. Süßigkeiten und Backwaren außer Brot durften nicht gekauft werden. Am meisten schmerzte es meinen Mann, dass er auf Neuheiten auf dem Büchermarkt verzichten musste. Ab und zu wurde dieses Verbot deshalb umgangen. Die Zeit des Sparens war nicht einfach, aber wir waren jung, voller Elan und Freude über unser neues Domizil.

Weihnachten rückte näher. Ich setzte meine ganze Energie ein und strickte oft bis in die Nacht Pullover und Jäckchen für unsere Kinder. Ich war stolz auf meine Leistung. Von den Großeltern traf ein Paket mit Strumpfhosen und Unterwäsche für die Enkel ein.

Eine Bekannte, die um unseren finanziellen Engpass wusste, bot uns ein Schaukelpferd an. Es stünde bei ihr auf dem Dachboden und wäre noch recht gut erhalten. Ihre Mann habe es selbst für ihren Jungen gebaut. Sie würde uns das Geschenk dann vorbeibringen.

Zum Christfest verpackte ich Jäckchen, Pullover, Strumpfhosen und Hemdchen in buntes Seidenpapier und wickelte ein rotes Band darum herum. Schön sahen die Weihnachtspäckchen

aus. Das Schaukelpferd hatten wir mit einem Leinentuch fest
verschnürt und hinter den Tannenbaum gestellt. Die Kinder
konnten die Spannung kaum noch ertragen. Sie warteten ungeduldig, bis das Glöckchen klingelte und sie zur Bescherung das
Wohnzimmer betreten durften. Kaum war das letzte Lied gesungen, da stürzten sie sich schon auf den Gabentisch. Mit Eifer
wurden die Schleifen aufgebunden und das bunte Papier entfernt. Aber begeistert waren sie von ihren Geschenken nicht.
Mit Kleidung konnte ich unsere Zwei nicht erfreuen. Das hätte
ich wissen müssen. Sie schauten sich die selbstgestrickten Sachen und die Wäsche von den Großeltern kurz an und legten
alles wieder beiseite.

„Wo ist mein Zeug, wo ist mein Zeug?", rief Gottfried und
suchte nach Spielzeug. Aber da war ja noch das Schaukelpferd
hinter dem Christbaum. Das würde sicher die große Überraschung bedeuten. Ganz schnell zogen sie das weiße Leinentuch
ab. Da stand das Schaukelpferd vor ihnen, so groß wie sie selbst.
Die Kinder wussten gar nichts damit anzufangen. Es war ja auch
ein schrecklicher Gaul, der da zum Vorschein kam, ein etwas
seltsam geformtes Tier aus grobem Holz, ohne Augen und
Ohren, ohne Mähne und Schwanz. Die braune Farbe war an
einigen Stellen schon abgeblättert. Die Enttäuschung war den
Kindern ins Gesicht geschrieben. Was sollten sie nur mit dem
Pferd anfangen? Zum Reiten war es viel zu hoch, sie konnten es
von selbst nicht besteigen; und zum Spielen war es viel zu klot-
zig. Schließlich legte Gottfried das riesige Ungeheuer auf den
Boden und meinte nur: „Pferdchen, du bist krank? Du siehst so
elend aus. Ich hol dir ein Plätzchen und etwas Wasser zum Trinken." Ja das Schaukelpferd sah wirklich erbärmlich aus. In der
zarten Kinderseele regte sich Mitleid mit dieser armen Kreatur.

Mein Mann und ich schauten uns ganz betroffen an. Dies war
für unsere Kinder keine gelungene Bescherung gewesen. Nie mehr

wollten wir unseren Kindern etwas auf den Gabentisch stellen, das wir uns vorher nicht angesehen hatten. Außerdem war uns klar, dass unsere Kleinen keine Freude an gestrickten Sachen haben konnten. Ein kleines Auto, eine Babypuppe, ein paar bunte Bauklötze hätten Anne-Ruth und Gottfried glücklich gemacht. Schenken muss gelernt sein.

Nun war wieder Weihnachten. Zu unserer großen Überraschung war ein Paket aus München bei uns eingetroffen. Eine Tante, die selbst keine Kinder hatte, wollte unseren beiden eine Festfreude bereiten. Um es gleich vorwegzunehmen, dies ist ihr auch großartig gelungen.

Ich löste die Schnüre und entfernte das Packpapier von dem riesengroßen Karton. Als ich den Deckel hob, konnte ich nur staunen. Was kam da alles zum Vorschein: Schokolade in großer Auswahl, Engelsfiguren, Sterne, Mond und Sonne aus Zuckerwerk, kleine rosa Schweinchen, dazu Schinken und Würste, Tomaten, Gurken, Kürbisse, Erdbeeren, Kirschen, Äpfel, Orangen und Bananen aus Marzipan. Mehrere Schachteln feinster Pralinen holte ich aus dem Paket heraus. Noch nie hatte ich so herrliche Süßigkeiten gesehen. Solche wunderbaren Dinge gab es sicher nur in Spezialgeschäften. Ich wickelte alles aus und stellte es in der Küche auf den Tisch und auf den Schrank. Ich konnte es fast nicht abwarten, bis mein Mann vom Unterricht nach Hause kam. Als er um die Ecke bog und auf unser Haus zuging, eilte ich ihm entgegen: „Karl-Heinz, Karl-Heinz, komm schnell. Du wirst staunen, was uns heute das Postauto ins Haus geliefert hat. Ein Riesenpaket von Tante Erna ist eingetroffen."

Mein Herz jubelte. Diesmal würden wir am Heiligabend kein blaues Wunder erleben. Unsere Kinder würden sich freuen. Noch nie hatte uns Tante Erna mit einem Geschenk beglückt. Und nun dieser Reichtum! Wäre sie in meiner Nähe gewesen, hätte ich sie umarmt und ihr einen Kuss auf die Wange gedrückt. Das war eine tolle Überraschung. Eine Fülle von Freude würde auf die Kinder einstürmen. Mein Jubel kannte keine Grenzen. Mit solchen Gaben hatte ich nicht gerechnet.

Diesmal würden wir ein herrliches Weihnachtsfest mit einer wunderschönen Bescherung feiern. Mir kam eine Idee in den Sinn. Wir hatten einen Freund, der von Beruf Schreiner war. Ihn würde ich bitten, mir einen Kaufladen zu zimmern. An jeder Seite sollten Regale stehen. Mein Mann würde den Kaufladen dann mit leuchtend roter Farbe und die Regale weiß anstreichen. Auf die Theke würde ich eine Kasse mit Kleingeld und eine Waage stellen. Mein Plan gelang. Am Abend vor dem Fest staffierte ich den Laden mit all den herrlichen Sachen aus. Ich fieberte dem Heiligen Heiligabend regelrecht entgegen. Diesmal war das Weihnachtsfest kein Reinfall, und auch Gottfried rannte nicht im Zimmer umher und schrie: „Wo ist mein Zeug?" Große glänzende Kinderaugen strahlten uns entgegen. Unsere Kinder waren nun Eigentümer eines Süßwarenladens geworden. Bis spät in den Abend hinein wurde gekauft und verkauft. Die Münzen klimperten in der Kasse. Wir Eltern aber lehnten uns im Sessel zurück, genossen das fröhliche Treiben und konnten ungehindert lesen. Welch eine ungetrübte Freude für Eltern und Kinder.

Aber nun will ich noch etwas über Tante Erna selbst erzählen. Der Kontakt zu ihr war durch einen Brief entstanden. Eines Tages teilte sie uns mit, sie habe Krebs und läge im Klinikum in München. Sie wisse nicht, ob sie überleben würde. Da sie keine Angehörigen habe – ihr Mann war einige Jahr zuvor verstorben – bat sie uns, ob wir im Falle ihres Todes für eine würdige Beerdigung sorgen und den Haushalt auflösen könnten. Was danach noch auf dem Sparbuch übrig bliebe, sollten wir für die Ausbildung unserer Kinder anlegen. Mein Mann und ich fuhren sofort nach München und besuchten sie.

Ja, Tante Erna war wirklich todkrank. Mit Radiumeinlagen bekämpften die Ärzte den Krebs. Würde diese Behandlung erfolgreich sein? Wir machten uns auch ernsthaft Sorgen, wie es um ihr Leben mit Gott bestellt war. Jetzt war es wichtig, dass sie Jesus Christus kennenlernte.

Wir wussten, dass es ganz in ihrer Nähe eine Landeskirchliche Gemeinschaft gab. Dort arbeiteten Diakonissen vom Mutterhaus in Gunzenhausen. So suchten wir die Schwestern in der Möhlstraße auf und baten sie, ob sie Tante Erna nicht während ihres Krankenhausaufenthaltes besuchen und ihr von Jesus erzählen könnten. Für uns war der Weg nach München zu weit. Es war erstaunlich, mit welcher Treue und Hingabe Schwester Grete diesen Wunsch auf ihr Herz nahm und die Schwerkranke seelsorgerlich begleitete. Sie kümmerte sich nicht nur um ihr Seelenheil, sondern sorgte auch für frische Nachthemden und Handtücher in der Klinik. Auch kleinere Besorgungen verrichtete sie. Vor allen Dingen sprach sie Tante Erna Mut zu, las ihr aus der Bibel vor und betete mit ihr. Das Wunder geschah. Der Krebs wurde besiegt. Wir bemühten uns nach ihrer Entlassung aus dem Krankenhaus um einen Kuraufenthalt im christlichen Haus Hensoltshöhe in Gunzenhausen. Zweimal besuchte sie dieses wunderbare Kurheim. Durch die hervorragende Betreuung durch Herrn Dr. Spengler und durch die Schwestern stabilisierte sich der Gesundheitszustand. Tante Erna erholte sich. Aber das Allerschönste geschah, als sie erkannte, dass Jesus Christus auch ihr Herr war. Sie übereignete ihm ihr Leben, las nun selbst in der Bibel und betete. Das schaffte auch eine innere Verbundenheit mit uns. Später zog sie sogar zu uns nach Marburg. Fortan sorgte sie am Weihnachtsabend für tolle Überraschungen. Gerne denken unser Kinder an ihre herrlichen Geschenke unter dem Tannenbaum. Der Kaufladen aber existiert noch immer. Heute spielen unsere Enkel damit.

Der Puppenwagen

War das ein aufregender Tag! Kaum hatten wir unser Klassenzimmer betreten, da wurden wir schon wieder heimgeschickt. Bis auf weiteres bleibe die Schule geschlossen. Was sonst Jubel und Begeisterungsstürme auslöst, machte uns Kinder traurig und bedrückt. Wir Schüler hatten ein stückweit die bedrohliche Lage des Krieges begriffen. Die Front im Osten rückte immer näher. Nachts wurde der Himmel von Granatexplosionen erhellt. Der Kanonendonner erschreckte uns. Würden wir jetzt von den russischen Panzern überrollt werden? Mein Vater hatte uns vom Kutscher mit dem Milchwagen nach Hause bringen lassen. Er selbst war mit unserer Glaskutsche ins nahe Krankenhaus gefahren, um meine Mutter abzuholen. Sie war hochschwanger und litt zudem an einer Gelbsucht. Der Kreisleiter hatte meinem Vater die Sondererlaubnis erteilt, er dürfe sich mit der Schwerkranken und mit uns Kindern auf die Flucht begeben.

Nie werde ich diesen Tag vergessen. Es war der 19. Januar 1945.

Meine Mutter war zwar sehr schwach und von der Krankheit gezeichnet, aber sie nahm die Zügel in die Hand. Sie rief das Dienstpersonal zu sich und erteilte ihnen Aufträge. Ein Sack Mehl wurde in die Küche geholt. Mehrere Körbe von Semmeln wurden gebacken, die dann wie Zwieback haltbar gemacht wurden. Helena, unser Kindermädchen, packte das Wichtigste in einen Koffer. Als sie die Gardinen vom Fenster holen wollte, wehrte ihr meine Mutter. „Nur das Nötigste, Helena!" In kürzester Zeit wurden in der Küche Meisterleistungen vollbracht. Krulka, wie wir unsere Köchin liebevoll nannten, packte den Proviant für eine lange Reise zusammen.

Die landwirtschaftlichen Mitarbeiter waren gerade dabei, Zuckerrüben in die Waggons zum Abtransport in die Zuckerfabrik zu schaufeln. Sie wurden auf schnellstem Wege nach Hause geholt und mussten zwei Wagen herrichten. Vor allen Dingen musste Hafer eingesackt werden, denn die Pferde brauchten für den langen, beschwerlichen Weg gutes Futter. In Haus und Hof herrschte ein geschäftiges Treiben. Für uns Kinder war dieser Aufbruch ein abenteuerliches Erleben. Gegen Mitternacht war dann alles soweit gerichtet. An jeden Wagen wurden drei Pferde gespannt. Mein Vater stellte noch mehrere 20-Liter-Milchkannen hinten drauf. Dann bestieg Mutter das Fuhrwerk. Sie wurde in warme Decken eingehüllt. Ich hatte noch schnell meinen kleinen Puppenwagen herbeigeholt. Heimlich wollte ich ihn auf den Wagen schmuggeln, denn ich ahnte schon im Stillen, dass ich ihn wohl nicht mitnehmen dürfte. Aber Vater hatte ihn schon entdeckt. „Das Spielzeug bleibt zurück!", ordnete er an und nahm mir das so wertvolle Stück wieder ab. Da half keine Widerrede. Achtlos stellte er meinen Puppenwagen einfach in den Schnee. Erschreckt zuckte ich zusammen. Das war doch mein schönstes Geschenk zum Christfest gewesen. Ein kleiner rot und weiß gestrichener Puppenwagen aus Korbgeflecht, wunderschön anzuschauen. Wie sehr hatte ich mich darüber gefreut. Er war während der Kriegszeit mein erstes großes Geschenk, das ich erhalten hatte. Wie sehr hatte ich es mir gewünscht. Für gewöhnlich hörte das Schenken und Beschenktwerden in Kriegstagen auf. Ich war begeistert über diesen herrlichen Puppenwagen, der unter dem Christbaum gestanden hatte. Woher hatte Mutter ihn ergattert? Spielzeugläden gab es schon lange nicht mehr in unserer Stadt. Erst viel später erfuhr ich, dass eine gemästete Gans daran habe glauben müssen, um mir diese Freude zu bereiten. Durch das ganze Haus bin ich damit gefahren, habe meine Puppe hineingelegt und dann wieder auf den Arm genommen. Ja, auch das Püppchen, das darin gelegen hatte, war wunderschön. Kein Kind hätte glücklicher sein können als ich. Wenn ich abends ins Bett ging, deckte ich mein Lieschen mit Kissen zu und gab ihm einen Gute-Nacht-Kuss. Der Puppenwagen musste dicht an meinem Bett stehen bleiben. Erwachte ich früh am Morgen, dann fiel mein Blick zuerst auf dieses für mich so wunderbare Geschenk. Aber nun stand mein Puppenwagen verlassen im kalten Schnee. Hätte ich doch bloß noch schnell mein Lieschen unter der Decke versteckt! Jetzt würde es wohl frieren müssen. Mein Vater hatte mir meinen Puppenwagen samt Inhalt entrissen. Dabei war er doch so federleicht. Ich hätte ihn die ganze Zeit über in meinen Händen halten können, wenn er auf dem Wagen keinen Platz mehr gefunden hätte.

Ich war traurig, blickte gen Himmel, sah die Sterne und tröstete mich schließlich damit, dass die gleichen Sterne auch über Lisa und meinem Puppenwagen im Hof erstrahlen würden. Lange schaute ich zu den Gestirnen hinauf. Keine Wolke verdeckte die Sternenpracht. Es war ein Glitzern und Leuchten, als ob mir die Sterne den Schmerz über den Verlust meiner Heimat, den Verlust meines so wunderschönen Puppenwagens nehmen wollten.

Ich habe nie mehr in meinem Leben eine Puppe oder einen Puppenwagen geschenkt bekommen, denn die Jahre, die der Flucht folgten, waren hart, ja erbärmlich, von Hunger und Not gezeichnet. Aber die Sehnsucht ist mir geblieben. Ich kann nie an einem Spielzeugladen vorbeigehen, ohne stehenzubleiben und mir die Puppen anzuschauen. Schon öfter hat mich mein Mann dann am Arm gefasst und mich gemahnt: „Komm Lotte, wir müssen weiter." Gedankenverloren ging ich dann an seiner Seite weiter und wurde an die sternenklare Nacht des 19. Januar 1945 erinnert. Meine Kinderträume von einem Puppenwagen wurden mir nicht erfüllt. So ist das Leben.

Eine Puppe aus Lemförde

War das ein munteres Treiben auf dem Weihnachtsbasar. Monatelang hatten die Schwestern vom Diakonissenmutterhaus Lemförde auf diesen Tag hingearbeitet. Nun war es soweit. Der Startschuss für den Verkauf war gefallen. Ein großer Frauentag bot dazu die beste Gelegenheit. Alte und junge Besucher waren oft von weither angereist, um sich durch das Wort von Gott stärken zu lassen. Ich war als Rednerin eingeladen und sprach zu dem Thema: „Weil du so wertvoll bist."

Nach meinem Vortrag ging ich in die Halle und half beim Büchertisch mit. Wunderbar hatten die Schwestern ihre Handarbeiten zur Schau gestellt. Der Erlös dieses Basars war für die Mission bestimmt. Wie viel Fleiß und Eifer steckte in jeder dieser Gaben: Herrliche, selbstgestrickte Strümpfe, gehäkelte Deckchen, bestickte Tischware, selbstgebastelte Strohsterne, bemaltes Schreibpapier, bunte Schürzen, kunstvoll mit Spitzen umsäumte Taschentücher und Bordüren.

Auf einem Tisch stand selbstgekochte Marmelade und Gelee von Erdbeeren, Himbeeren, Brombeeren und Äpfeln. Über die Deckel der Marmeladengläser war ein rotweiß kariertes Tüchlein gebunden. Das sah sehr lustig aus. Die Gaben verbreiteten den Geruch der Liebe. Sicher haben die Diakonissen manchen Nachtschlaf geopfert, um ihre Handarbeiten für diesen Tag fertigzustellen.

Mich zog ein ganz besonderes Kunstwerk an: eine Puppe. Sie sah wunderschön aus mit ihrem freundlich lächelnden Gesicht. Da waren kreative Hände am Werk gewesen. Nun thronte sie auf einem Kissen aus zarter Seide auf einem halbhohen Schrank. Diese Puppe weckte sofort meine Begeisterung. Welch schönes Geschenk zu Weihnachten! Die Augen unserer Enkeltochter würden sicher strahlen, wenn sie die Puppe auf ihrem Gabentisch fände.

Nun hätte ich ja gleich zulangen und diese Puppe kaufen können, aber das erlaubte mir mein Anstand nicht. Peinlich wäre mir das gewesen, wenn ich als Rednerin mir das beste Stück unter den Nagel gerissen hätte und die Besucher mich dabei ertappt hätten. Die Formen der Höflichkeit muss man schon wahren. Ich hätte meinem Image geschadet. Wenn das gute Stück gegen Ende des Basars noch vorhanden wäre, dann würde ich zugreifen. Während ich am Büchertisch meine Zuhörerinnen bediente, schweiften meine Blicke immer wieder zu der Puppe. Thronte sie noch auf dem Kissen? Ja, ich atmete auf.

Aber dann hatte doch eine Besucherin zu der Puppe gegriffen und sie schließlich gekauft. Der Platz auf dem Schrank war leer. Auch das Seidenkissen war verkauft. Schade, dachte ich, wirklich schade. Miriam hätte sich so darüber gefreut. Etwas traurig stahl ich mich vom Büchertisch fort. Für mich war mein Dienst in Lemförde beendet. Am nächsten Tag würde ich meine Reise nach Heiligengrabe antreten. Dort in der Mark Brandenburg erwarteten mich die Diakonissen von Schwester Eva von Tiele-Winckler. Meinen Bücherkoffer wollte mir die Oberin von Lemförde in der nächsten Woche mit dem Auto nach Marburg mitbringen, damit ich mich nicht mit so viel Gepäck abplagen musste.

Zehn Tage später kam ich wieder nach Hause. Mein Koffer stand schon im Flur. Ich öffnete ihn und wollte ihn ausräumen. Aber meine Augen kamen aus dem Staunen gar nicht mehr heraus. Oben auf den Büchern lag in weiches Seidenpapier eingepackt eine Puppe. Ein Brief lag dabei. So schrieb die Oberin:

„Liebe Frau Bormuth!
Ich habe Sie beim Basarverkauf beobachtet, wie ihre Blicke
immer wieder zur Puppe schweiften. Sie hätten sie wohl gerne
gekauft und haben dabei sicher an eins Ihrer vielen Enkelkin-
der gedacht. Aber eine andere Käuferin ist Ihnen zuvorgekom-
men. Ich habe Ihre traurigen Augen gesehen und habe meine
Mitschwestern gebeten, für Sie eine neue Puppe herzustellen.
Nun dürfen Sie sie in Händen halten. Ob sie Ihnen gefällt?
Die Puppe soll ein herzliches Dankeschön für Ihren
Verkündigungsdienst bei uns am Frauentag sein.

Ein gesegnetes Weihnachtsfest wünscht Ihnen
Ihre Ilse Schoster."

Ich war beglückt, zutiefst beglückt. In dieser Puppe kam mir
unendlich viel Liebe und Verständnis entgegen. Danke, liebe
Schwestern aus Lemförde, vielen Dank!

Einer leidet, und der andere jubelt

Dieser Juckreiz treibt mich noch in den Wahnsinn. Wenn ich doch nur an die vertrackten Stellen unter dem Gips herankommen könnte, ich würde mir wahrscheinlich die Haut vom Fleisch kratzen. Aber der Gips an meinem linken Bein ist so eng angelegt, dass ich mir noch nicht mal mit einer Stricknadel geschweige denn mit einem Lineal etwas Erleichterung verschaffen könnte. Der Arzt hatte mich gewarnt, denn wenn erst mal die Haut beschädigt ist, kann das leicht zu Infektionen führen, und diese Wunden heilen nur sehr schwer ab. Wer schon mal unter einem starken Juckreiz gelitten hat, wird mich in meiner Qual verstehen. Ich könnte heulen, laut heulen. Vor einer Woche hatte ich einen Unfall gehabt. Und nun lag ich im Krankenhaus, litt Schmerzen, war unruhig, ja wütend, und dann auch wieder traurig, entsetzlich traurig. Bald ist Weihnachten. Am Heiligabend kann ich diesmal nicht dabei sein, wenn wieder viele Gäste zu uns in den Saal kommen werden. Am vergangenen Weihnachtsfest haben wir 120 Einsame, Tippelbrüder, Flüchtlinge und Asylanten in unserer Mitte begrüßen können. Diese Zeit vor dem Heiligabend ist immer mit viel Arbeit angefüllt. Wir müssen ein Abendbrot richten und Geschenke kaufen. Außerdem soll ein gutes Programm unsere Besucher auf das schönste Fest in der Christenheit einstimmen. Jesus wurde geboren, und das ist Grund zur großen Freude. Der Heiland der Welt kommt zu uns Menschen und will bei uns wohnen. Wie dringend würde ich bei den anderen Mitarbeitern gebraucht werden.

Auch meine Familie würde mich vermissen. Noch nicht mal die Plätzchen habe ich gebacken. Und für meinen Mann und für Matthias müsste ich noch ein Weihnachtsgeschenk besorgen. Warum musste nur dieses Unglück geschehen? Ich liege hier, quäle mich durch den Tag und leide. Jetzt müsste ich innerlich still und ruhig werden, das trüge zur Heilung bei, aber ich bin aufgewühlt und unleidlich. Geduld ist eine Gabe, die mir bei meiner Geburt leider nicht in die Wiege gelegt wurde.

Während ich mich noch gräme und mit meinem Schicksal hadere, klopft es an der Tür. Meine Tochter tritt ins Zimmer. In der Hand hält sie einen wunderschönen kleinen Strauß von Christrosen. Ich liebe diese Blumen besonders, denn sie blühen sogar bei Eiseskälte. Anne-Ruth kommt recht stürmisch auf mich zugeflogen, legt die Blumen aufs Bett und umarmt mich. „Mutti, Mutti, ich bin ja so verliebt!"

Ich horche auf. Was sind denn das für Töne? „Muss das jetzt sein, wo ich so zerschlagen in meinen Kissen liege?"

„Ja, Mutti, es muss sein. Ich bin so glücklich! Ist das schön!" Die Worte sprudeln ihr nur so über die Lippen. Sie erzählt mir von Klaus, von ihrer Liebe, von ihren Plänen.

„Auch das ist Weihnachten", muss ich denken. „Der eine liegt auf der Unfallstation, leidet, ist untröstlich, und der andere jubelt, ist verliebt, voller Hoffnung."

Das ist das Wunder der Heiligen Nacht, kommt es mir in den Sinn. Christus ist für alle geboren. Seine Liebe umschließt die Glücklichen und die Verzweifelten, ganz gleich in welcher Situation die Menschen gerade stehen. Ich nehme die Christrosen in die Hand und betrachte ihre Pracht. Sie werden mir zu einem bedeutungsvollen Symbol. Diese Blumen blühen, ob die Sonne am Himmel lacht oder ob es bei Frost Stein und Bein friert. Sie blühen auch für mich und sind mir ein Gruß von Gottes unveränderlicher Treue und Liebe.

Wie heißt es im Römerbrief, Kapitel 8?

„Denn ich bin gewiss, dass weder Tod noch Leben, weder Engel noch Fürstentümer, noch Gewalten, weder Gegenwärtiges noch Zukünftiges, weder Hohes noch Tiefes, noch keine andere Kreatur mag uns scheiden von der Liebe Gottes, die in Christo Jesu ist, unserm Herrn."

Zu Weihnachten ist dies wahr geworden.

Drei Jahre später besuche ich an Weihnachten meine Tochter im gleichen Krankenhaus. Diesmal muss ich Anne-Ruth trösten. Sie hat ihr Kind verloren, auf das sich die junge Familie so sehr gefreut hat. Traurig liegt sie in den Kissen. Die Tränen laufen ihr über die Wangen.

„Mutti, ich hätte heute laut heulen mögen. Als ich nach dem ärztlichen Eingriff wieder in mein Zimmer gefahren wurde, ertönte auf den langen Fluren über die Lautsprecher das bekannte Weihnachtslied:

,Euch ist ein Kindlein heut geborn
von einer Jungfrau auserkorn,
ein Kindelein so zart und fein,
das soll euer Freud und Wonne sein.'

Mir aber ist kein Kind geboren, mir hat Gott mein Kind genommen."

Ich halte meine Tochter fest in meinen Armen. Auf diese Anklage weiß ich keine Antwort. Wir weinen beide.

So ist Weihnachten.

Wunderbar hat der Dichter die Bedeutung von Weihnachten in Verse gefasst:

„Du bist die schönste aller Gaben,
du liebes, holdes Jesuskind,
durch das wir Gottes Gnade haben,

durch das wir ewig selig sind.
Um Gottes Liebe recht zu zeigen,
willst du als Mensch zu Menschen gehn,
willst dich zu unserer Armut neigen
und lieb und hilfreich bei uns stehn."

Ich darf in meiner Kirche singen

Mahalia Jackson erzählt

Ich wurde eines Tages vom Fernsehen gebeten, für Weihnachten ein musikalisches Programm zusammenzustellen. Es tat mir Leid absagen zu müssen, da ich über die Feiertage gern nach New Orleans fahren wollte. Über 13 Jahre war ich nicht mehr zu Hause gewesen. Nun war es wirklich an der Zeit, in die Heimat zu kommen. Daraufhin wurde ich gefragt: „Wäre es Ihnen auch möglich, an Heiligabend in Ihrer Kirche für uns zu singen?"

„Das mache ich sehr gern", war meine glückliche Antwort.

Mein Herz wurde darüber warm. Für mich gab es nichts Schöneres, als in meiner Kirche das Lob Gottes weiterzusagen. Schon als ich fünf Jahre alt war, begann ich dort im Kinderchor zu singen. Alles kam mir wie ein Traum vor.

Die Tage vor meiner Abfahrt brachte ich mit Einkaufen zu. Ich brauchte viele Geschenke, denn es waren in der Zwischenzeit eine ganze Reihe Kinder in meiner Verwandtschaft geboren worden. Außerdem lebten noch viele Onkel und Tanten, Nichten und Neffen in dieser Stadt. Die Fahrt mit dem vollbepackten Auto wurde für mich zu einem frohen Erlebnis. Ich konnte kaum stillsitzen, wenn ich an all die Leute dachte, die ich beschenken wollte.

Meine Gedanken gingen aber auch zurück in die Zeit, als ich meine Kindheit und Jugend hier verbrachte. Meinen eigenen Leuten würde ich in der winzigen Kapelle ein wunderschönes Weihnachtsprogramm anbieten dürfen.

Eine Woche vor Heiligabend kam ich in New Orleans an. Für mich war es so, als ob jeder Tag Weihnachten wäre.

In der Stadt hatte es sich herumgesprochen, dass in unserer

Kirche eine Fernsehsendung gedreht werden würde. Gleich am ersten Abend, kaum dass ich mein Zuhause betreten hatte, kam der Pastor der großen Gemeinde und fragte an, ob ich nicht dieses Weihnachtsprogramm in ihrer Kirche abhalten könnte. Sie hätten auch große Chöre mit ausgebildeten Sängern, dadurch würde sich die Sendung eindrucksvoller gestalten lassen.

Ich sagte: „Danke!", und lehnte das Angebot ab. Mir war meine Gemeinde, wo ich zum Glauben an Christus gefunden hatte, so wertvoll.

Ich krempelte die Ärmel hoch und setzte alles in Bewegung. Ich wollte es den großen Gemeinden zeigen, was wir auch in unserer kleinen Kapelle zustande bringen würden. Schon am nächsten Tag setzte ich mich ans Steuer meines Wagens und versuchte einen Teil unserer früheren Chormitglieder zusammenzutrommeln. Damals waren wir noch Kinder. Viele kannten mich nicht mehr und wussten auch nicht, dass ich Gospelsängerin war. Die Menschen in meiner Stadt waren meist arm und besaßen keinen Fernseher. Nun sahen sie mein großes Auto und fragten sich schüchtern, ob ich denn noch eine von ihnen war. Aber ich redete mit ihnen, erzählte von früher und machte ihnen bewusst, wie viel sie mir bedeuteten. Wir erinnerten uns an frühere Zeiten, wo wir zusammen am Mississippi gespielt hatten und Lieder sangen: *„Couldn't Hear Nobody Pray"* (Da war keiner, der betete) oder *„When the Saints Go Marchin' in* (Wenn die Heiligen in den Himmel einmarschieren).

Während ich mich ereiferte, von meiner Kindheit zu erzählen, tauten auch meine alten Freunde auf. Sie luden mich zum Essen ein und kochten ein altes Louisiana Gericht. Ihre Liebe berührte mich im Innersten. Mit großem Appetit aß ich rote Bohnen, Reis, Tomaten, getoastetes Brot mit dicken Austern und Meeresfrüchten. Riesengroße Schüsseln mit Gemüse, geräucherte Rippchen und Schinken standen auf dem Tisch. Wir saßen zusammen, waren fröhlich, ja ausgelassen, und immer wieder musste ich ihnen sagen: „So etwas Gutes habe ich schon lange nicht mehr gegessen."

Ich bat meine Freunde, mit mir das Weihnachtsprogramm zu singen. Zuerst hatten sie Bedenken, aber dann stimmten sie mir zu. Wir machten uns an die Arbeit. Unser Chor probte jeden Tag. Meine Gedanken gingen wieder zurück in meine Kindheit, wie ich als kleines Mädchen voller Inbrunst die Jesuslieder gesungen hatte. Vor Glück und Wonne jubelte mein Herz. Wie oft ging ich an die alten Plätze zurück, wo ich vom Schilf aus die Schiffe auf dem Mississippi beobachtet hatte, den Liedern der Fährleute gelauscht und zugesehen hatte, wie sie die Waren verluden. Ich suchte die Viertel auf, wo damals die reichen Weißen wohnten. Tante Duke hatte für sie gekocht, und ich hatte als Kind dort gearbeitet. Wie viele hübsche Kleidchen hatte ich von meiner Herrschaft geschenkt bekommen und eine Menge Essen dazu. Jetzt hatte sich die Gesinnung der Weißen radikal geändert. Ihre Hilfsbereitschaft war in Hass umgeschlagen, weil die Schwarzen inzwischen viele Rechte erhalten hatten. Das erfüllte sie mit Bitterkeit und Bosheit.

Am Tag vor Weihnachten nahm ich die Kinderschar der Verwandtschaft mit zum Einkaufen. Das hat mir einen Riesenspaß gemacht. Wir kauften eine Menge bunter Luftballons. Gleich nach dem Abendessen gingen wir zur Mount Moriah Kirche. Pfarrer Hack predigte. Er hatte mich in der Sonntagsschule schon unterrichtet. Damals war ich noch ein kleines Mädchen. Wir verlebten einen festlichen und fröhlichen Heiligabend. Lange saß ich mit meinen Verwandten zusammen, und wir erzählten von früheren Zeiten. Erst sehr spät legte ich mich zu Bett und schlief lange. Dann aber musste ich mich beeilen, in die Kirche zu kommen, denn das Fernsehteam war schon bei der Arbeit. Als der Gottesdienst nahte, strömten unzählige Menschen in die kleine Kapelle. Bald waren alle Plätze belegt. Es konnte kein Apfel mehr zur Erde fallen, so eng saßen oder standen die Besucher beieinander. Ich sah in die Gesichter der Leute, mit denen ich schon als Kind im Chor gesungen hatte. Eine tiefe Freude kam in mir auf. „Heimat bleibt Heimat", musste ich denken.

Als die roten Lämpchen aufleuchteten, begannen wir zu singen „Geboren in Bethlehem" und „Holdes, kleines Jesuskind". Über zehn Millionen Menschen verfolgten unsere Sendung am Fernsehschirm. Alles klappte tadellos.

Anschließend feierten wir unseren Fernsehauftritt noch bei uns zu Hause. Die Freunde begleiteten uns. Während wir es uns gut schmecken ließen, klingelte das Telefon unaufhörlich. Telegramme trafen ein. Es war ein Tag, den Gott der Herr selbst gemacht hatte. Besonders Tante Duke, die Mutterstelle an mir vertreten hatte, genoss das Lob, das mir zuteil wurde, und freute sich darüber, dass ich trotz meiner Karriere Gott treu geblieben war.

Auch in New Orleans selbst fand ich große Beachtung. Wenn ich mich auf der Straßen oder in einem Geschäft zeigte, wurde ich angesprochen.

Es war ein heißer Tag. Die vielen Gespräche hatten mich angestrengt. Ich hätte mich gerne in ein Restaurant gesetzt und ein Glas Obstsaft getrunken. Aber weit und breit gab es kein Lokal, in dem ich hätte bedient werden dürfen. Die Menschen liebten mich und lobten meine Show, das zeigte die Menge der Post, die eintraf. Aber zwischen Schwarz und Weiß stand eine hohe Barriere, und das schmerzte mich sehr. Noch nicht einmal ein Glas Sprudel durfte ich trinken oder mich in ein Taxi setzen. Erst 1962 hoben die Gaststätten die Rassentrennung auf.

Plötzlich wurde mir bewusst, dass ich hier im Süden nicht bleiben konnte. Ich musste wieder zurück nach Chicago, wo die Farbigen größere Freiheiten genossen.

(Aus „Mein Lied für Gott" von Lotte Bormuth.)

Frau Pannige soll leben

Bewegten Herzens denke ich an diese Arztfrau. Eine Freundin hatte ihr meine Telefonnummer mit dem Hinweis gegeben, ich sei Berater für Selbstmordgefährdete in der Telefonseelsorge. Nun sprach sie mich an und klagte mir ihr Leid: „Ich bin so ärgerlich auf meinen Mann. Am Altar hat er mir die Treue geschworen, und nun muss ich erfahren, dass er mich mit einer Sprechstundenhilfe aus unserer Praxis betrügt. Das ist noch ein ganz junges Ding. Wie kann mein Mann nur so etwas machen? Ich bin enttäuscht, maßlos enttäuscht. Warum tut er mir und den Kindern das an? Wie habe ich mich für ihn eingesetzt, oft habe ich ihn nachts zu den Patienten gefahren und am Tag in der Praxis mitgeholfen. Am liebsten würde ich mir das Leben nehmen. Wir wohnen im Westerwald, und mein Mann ist mit seinem Wagen zu Patienten unterwegs. Er hat nämlich Sonntagsdienst. Ich hielt es in unserer Wohnung nicht mehr aus. Da habe ich mir genügend Tabletten aus dem Medikamentenschrank in die Tasche gepackt und bin losgefahren. Ob ich gegen einen Brückenpfeiler fahre oder die Pillen schlucke, das weiß ich noch nicht. Ich fühle mich, als säße ich in einem tiefen Loch, und kein Strahl von Licht dringt in meine Dunkelheit. Alles ist so festgefahren und finster, ich sehe überhaupt keinen Ausweg mehr."

„Werfen Sie nur nicht Ihr Leben weg! Sie dürfen noch hoffen! Um Ihrer lieben Kinder willen dürfen Sie nicht Hand an sich legen. Bitte kommen Sie doch zu mir! Ich wohne in Marburg, Sperberweg 8."

„Ja gewiss, wenn ich an meine Tochter und an meinen Sohn denke, wird es mir schon schwer ums Herz, und mein Entschluss gerät ins Wanken. Übermorgen wird Michael zwei Jahre alt. Aber ich weiß noch nicht, ob ich das Leben packe."

Und plötzlich macht es „klick" in der Leitung, und der Hörer ist aufgelegt. Wird diese junge Mutter den Weg zu uns nach Marburg finden? Ich telefoniere mit der Presse. Es müsste doch herauszufinden sein, wer denn gerade Sonntagsdienst in der betreffenden Region habe. Aber der Westerwald ist groß, und die Sekretärin kann mir keine Hoffnung machen, auf diesem Wege die Adresse ausfindig zu machen.

Ich lasse nicht locker und informiere die Polizei. Nun höre ich, wie der diensthabende Beamte stöhnt: „Na, mit diesen wenigen Angaben, die Sie machen, wird es wohl nicht gelingen, die Frau zu finden."

„Wir haben zwei feste Daten", unterbreche ich ihn. „Das ist der Sonntagsdienst des Arztes und der Geburtstag von Michael. Das müsste uns auf die Spur bringen. Leider hat sie mir ihren Namen und ihre Adresse nicht preisgegeben."

Binnen einer Stunde gelingt es, das Autokennzeichen festzustellen, mit dem diese Mutter unterwegs ist. Nun wird sie bundesweit über den Nachrichtensender gesucht. Erst am nächsten Morgen teilt mir die Polizei mit: „Wir haben die gesuchte Frau gefunden. Sie lag auf dem Rücksitz ihres Autos, das auf einem Holzabfuhrweg stand. Sie war schon bewusstlos, und wir haben sie schnellstens in die Klinik gebracht. Sie scheint nach Auskunft der Ärzte außer Lebensgefahr zu sein."

An diesem Morgen danke ich Gott für die Rettung.

Zwei Tage später besuche ich sie in der Klinik. Als ich mich ihr zu erkennen gebe, fängt sie an zu weinen. Ich nehme sie in den Arm und tröste sie: „Weinen Sie nur, heute wollen wir nichts von all dem Geschehen berühren. Ich komme wieder und dann können wir miteinander reden."

Alle zwei Tage schaue ich bei Frau Pannige herein. Nun kenne ich ja ihren Namen. (In dieser Geschichte ist er aber geändert). Ich bringe ihr Blumen und ein Neues Testament. Mir ist es ein

Anliegen, sie mit Christus in Verbindung zu bringen. Ich werde immer sehnlichst von ihr erwartet und spüre ihre Zuneigung. Nach ungefähr drei Wochen kann sie entlassen werden. Aber ich bin enttäuscht, dass ich über einen längeren Zeitraum nichts von ihr höre. Ich selbst will mich ihr nicht aufdrängen.

Und dann erreicht mich ein Anruf, den ich mein Leben lang nicht vergessen werde. Es ist am Morgen des 24. Dezember. In meiner Küche bin ich gerade damit beschäftigt, 120 Dauerwürste in Folie zu verpacken. Sie sollen das Geschenk für unsere Gäste an Heiligabend sein; denn wir feiern nun schon seit über dreißig Jahren die Christnacht mit Leuten, die einsam und allein, ohne ein Zuhause, ohne Familie sind. Plötzlich läutet das Telefon. „Hier ist Frau Pannige. Erinnern Sie sich noch an mich, Frau Bormuth? Ich habe mir dieses Gespräch extra für den Heiligabend aufgehoben. Ich wollte Ihnen mit dieser Nachricht eine Weihnachtsüberraschung machen. Ich kann Ihnen sagen, dass ich durch das Lesen des Neuen Testamentes Jesus Christus als meinen Herrn und Heiland kennen gelernt habe. In einer lebendigen Gemeinde habe ich ein warmes Zuhause gefunden. Ich wünsche Ihnen noch frohe Festtage an der Krippe des Jesuskindes und danke Ihnen von Herzen, dass Sie sich so für mich eingesetzt haben. Ich denke auch noch gerne an manches Gespräch, das ich mit Ihnen am Krankenbett führen durfte. Frau Bormuth, Sie sind ein Mutmacher. Danke!"

Das war mein schönstes Weihnachtsgeschenk, das ich je erhalten habe. Diese Nachricht gab mir auch viel Mut, der Feier mit all unsern Gästen zuversichtlich entgegenzusehen. Christus ist geboren. Sein Name heißt Jesus und bedeutet Retter. Noch heute geht er durch die Lande und befreit Menschen aus ihrer Verzweiflung. Das Wort aus Jesaja 8, 23 bewahrheitet sich: „Es wird nicht dunkel bleiben über denen, die in Angst sind."

Die Geburt Jesu

Es geschah aber in jenen Tagen, dass eine Verordnung von dem Kaiser Augustus ausging, dass in aller Welt eine Steuerschätzung durchgeführt würde. Dies war die allererste Steuerschätzung, und sie geschah zu der Zeit, als Quirinius Statthalter in Syrien war.

Und jedermann ging in seine Stadt, um sich schätzen zu lassen. Da machte sich auch Joseph aus Nazareth in Galiläa auf den Weg. Er zog hinauf in das jüdische Land zur Stadt Davids, die Bethlehem heißt; denn er stammte aus dem Haus und Geschlecht Davids. Er wollte sich schätzen lassen mit Maria, seiner Verlobten, die schwanger war.

Als sie aber dort waren, erfüllten sich die Tage, dass sie gebären sollte. Und sie gebar ihren erstgeborenen Sohn und wickelte ihn in Windeln und legte ihn in einer Krippe nieder, weil für sie kein Raum in der Herberge war.

Und es waren Hirten in derselben Gegend, die hielten in der Nacht Wache bei ihrer Herde.

Und ein Engel des Herrn trat zu ihnen und die Herrlichkeit des Herrn umleuchtete sie, und sie fürchteten sich sehr.

Und der Engel sprach zu ihnen: Fürchtet euch nicht! Siehe, ich verkündige euch große Freude, die allem Volk gelten wird. Denn für euch ist heute der Retter geboren. Er ist Christus, der Herr, in der Stadt Davids. Und dies soll euch ein Zeichen sein: Ihr werdet das kleine Kind finden, wie es in Windeln gewickelt in einer Krippe liegt.

Und sofort war bei dem Engel die Menge des himmlischen Heeres, die Gott lobten und sprachen: Ehre sei Gott in der Höhe und Friede auf der Erde bei den Menschen des Wohlgefallens.

Und es geschah, als die Engel von ihnen fortgingen in den Himmel, da sprachen die Hirten zueinander: Lasst uns nun bis nach Bethlehem gehen und die Geschichte sehen, die geschehen ist, die uns der Herr kundgetan hat.

Und sie kamen eilends und fanden Maria und Joseph und das Kind, wie es in der Krippe lag.

Als sie es aber gesehen hatten, machten sie das Wort bekannt, das ihnen von diesem Kind gesagt war. Und alle, die es hörten, waren erstaunt über das, was ihnen von den Hirten gesagt wurde ...

Maria aber behielt alle diese Worte und bewegte sie in ihrem Herzen.

Und die Hirten kehrten um und priesen und lobten Gott über allem, was sie gehört und gesehen hatten, wie es zu ihnen gesagt worden war.

Lukas 2,1-20
(Weihnachtsgeschichte übersetzt von Karl-Heinz Bormuth)